U0075924

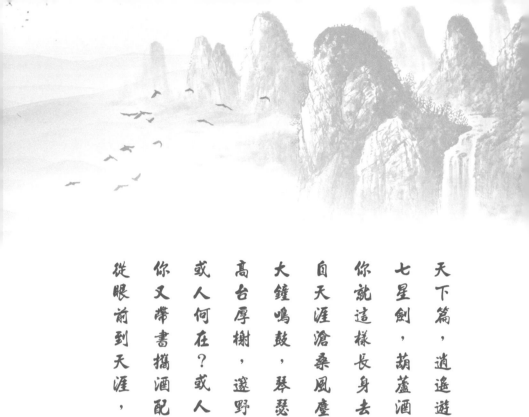

天下篇，逍遙遊
七星劍，葫蘆酒
你就這樣長身去了江湖
自天涯滄桑風塵回来的你
大鐘鳴鼓，琴瑟竽笙
高台厚榭，邃野之居
或人何在？或人何在？
你又帶書攜酒配劍
從眼前到天涯，一路過去

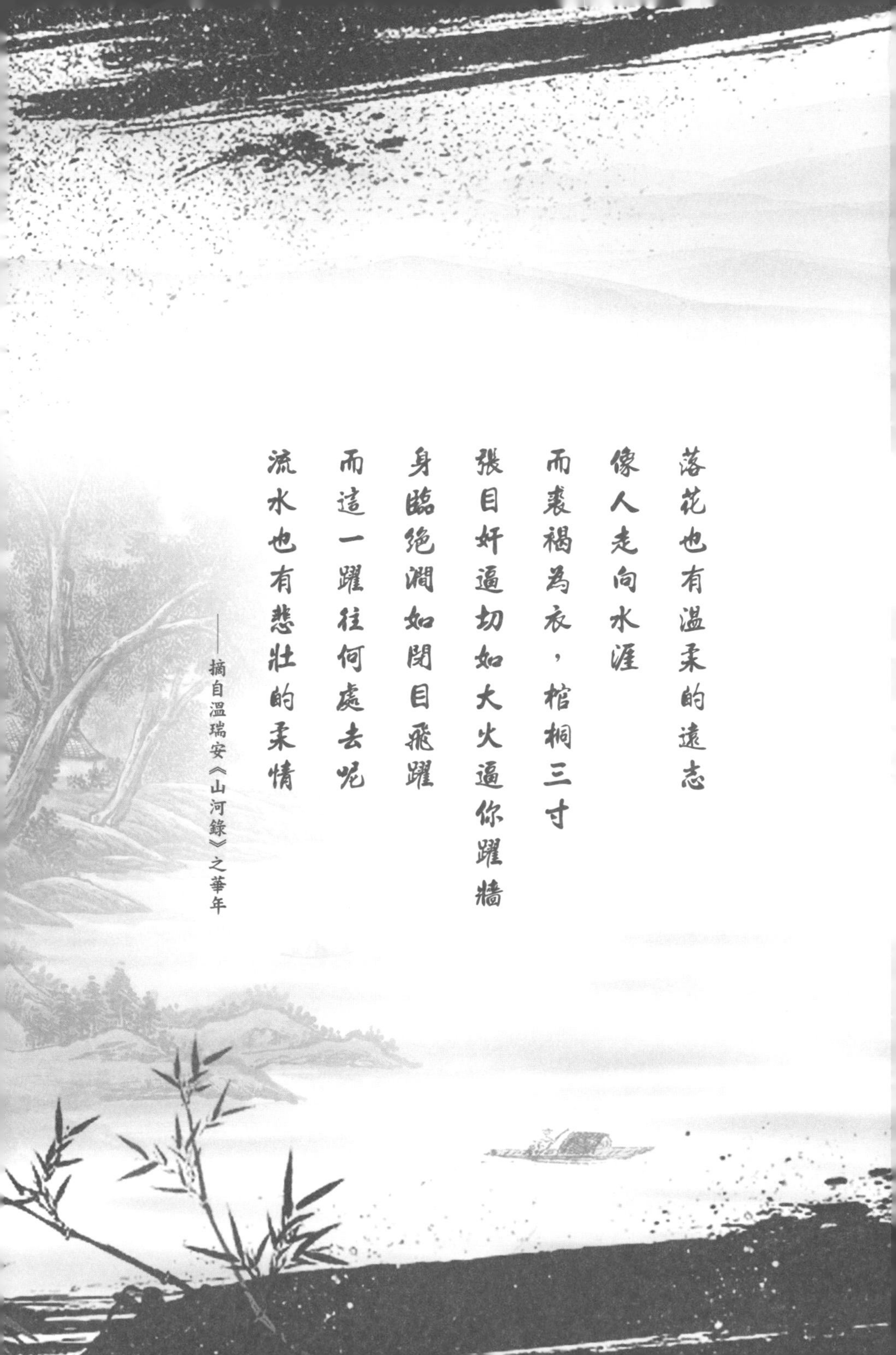

落花也有溫柔的遠志
像人走向水涯
而裘褐為衣，棺桐三寸
張目奸逼切如大火逼你躍牆
身臨绝澗如閉目飛躍
而這一躍往何處去呢
流水也有悲壯的柔情

——摘自溫瑞安《山河錄》之華年

四大名捕走龍蛇 3

【大陣仗】

溫瑞安 著

武俠經典新版

四大名捕系列

四大名捕系列

四大名捕走龍蛇

第三冊 大陣仗

目錄

第四部　如此陣仗

第一部　穿腸的毒藥

第一回　如何謀殺一陣風

一

捕頭郭傷熊在出事之前，正調查著一樁案件。這樁案件不但轟動，牽涉亦大，而且毫無頭緒，根本是一樁無頭案。

這件案一直使郭傷熊十分煩惱毛躁，所以他逗留在衙裡及在外勘察的時間比較多，比較晚才回家。

由於今晚捕頭郭傷熊終於抓到了那件案子的一點頭緒，以他鍥而不捨的性格，就一直研究下去，等他真的有點疲累，感覺到要回家歇息的時候，已經是二更天之後的事了。

他此刻披上襖袍，深夜回家，手裡還拿了幾個大燒餅，一瓶米酒，半夜挖醒熟睡中的侄兒，好好跟他討論一下案情，或許，那鬼靈精的侄兒能給他一些什麼破案的啓發。

捕頭郭傷熊的家離衙門足有三里之遠，中間還經過一片荒地、一塊墓地。

當晚才初七、初八，烏雲又密，月芽兒朦朦朧朧，連路也照不清楚，只有地窪的積水映著微光。

可是郭傷熊是兩河「小四大名捕」之一，他曾經立志要自己成爲真正的「天下四大名捕」，那還會怕黑？又豈會怕鬼？所以郭大捕頭他一路輕輕鬆鬆的，手裡拎著用繩紮好的酒瓶燒餅，吹著口哨走回家去。

途中經過那塊墓地時，已過三更。

郭傷熊每天都經過塚場，他膽大包天，仵作剖驗死人腸子挖得血流滿一地，他連眼睛都未眨過，更曾到過人人畏懼的「猛鬼廟」裡去，把假扮鬼魅的土匪揪到縣衙裡去，所以半夜三更走過塚場，在郭傷熊而言，簡直當食生菜一般平常。

但今天確實有些不尋常。

因爲塚場裡有釘鑿聲傳來。

郭傷熊馬上停步，側耳細聽，卻無聲響，這時霧氣深重，月色昏朦，亂墓堆裡影影綽綽，依稀似有人影，但是又看不清楚。

郭傷熊搖搖自己手上那瓶米酒，明明還沒有喝下肚裡去，不可能因爲微醉而聽錯，而且幹他這一行的，就算喝酒了，眼睛闔著，耳朵也能分辨出飛過頭頂上的是鳥還是蝙蝠。

否則，隨時會被人一刀割下頭顱來下酒。

他想到這裡，不由苦笑了一下。

吃他這行飯的，就有一位叫追命的，就算喝個十七、八斤酒，醉了七、八成，但從來沒有人能在他酒醉的時候暗算得著他一根毫毛。

這算是神乎其技了，而他自己，還沒有這個本事，他想。

他正那麼想著的時候，釘鑿聲又傳入耳際來。

這次決不可能聽錯。

是鐵釘子釘入棺木的聲音。

三更天，居然有人在塚場裡釘棺材，真是見鬼了。

郭傷熊很快的就暗自下了一個定論：如果正常和正當的葬禮，不可能在這半夜三更進行，除非不是葬禮，否則，就算是埋葬也是見不得光的死屍。

一想到這點，郭傷熊左手還提著米酒燒餅，但右手已按著刀柄，身形已沒入墓堆之中。

他沒有發出吆喝，擒賊擒王，抓盜抓贓，他決定要潛身過去看個究竟。

他閃身過去的時候，釘棺之聲還一下一下的傳來，但等到他逼近發出聲音處不到一丈之遙時，聲音倏然而止。

郭傷熊一皺眉頭，靜夜裡，寂靜得似死了一般，什麼也看不清楚，什麼也聽不見。

隔了一會，雲層漸去，月光稍微朦亮了一些，使得郭傷熊運足目力看去，在霧氣氳氳中可以看到隱隱約約一些事情。

這時蟲鳴、蟬鳴、蛙鳴，甚至貓頭鷹的叫聲，幾乎是不約而同的響了起來，自從深夜裡那刺耳的釘棺聲寂滅後，幾乎靜到了極點。如今突然間蟲豸齊鳴，倒令郭傷熊微微吃了一驚。

他又小心翼翼地潛近五、六尺，已可以看見地上被掘起的黃土，三、四副棺材，鐽子，泥鍬……但沒有人！

——半夜三更，是誰挖起這些棺材，要做什麼？

——如果是人掘起這些棺木的，現在人呢？

郭傷熊目光所及，盡是紊亂的荒墳，幽冷的寒霧，遠處的狼嗥，近處被野狗拖啃出來殘缺不全的屍骸，真似一個人間鬼域一般，難道挖墳的不是人，而是……郭傷熊想到此處，不由自主打了一個寒噤。

就在他打了一個寒噤之際，四周的蟲鳴驟然靜了下來。

就在這時，「叮」地一聲，一道劍光，已刺到郭傷熊眉心！

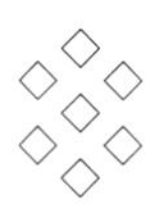

要不是在劍光之前，蟲聲忽然滅寂，令郭傷熊心中起了一個念頭「有人欺近」的話，這一劍郭傷熊必然來不及躲過去！

唯是郭傷熊既已生起「有敵來犯」的戒心，他的刀也「嗆」然出手。

「叮」，郭傷熊一刀，架住一劍。

對方抽劍，「嗤」地又一劍刺向郭傷熊腹部。

對方抽劍發劍如此之快，就像這一劍，本來就刺向郭傷熊小腹一樣！

可是郭傷熊的刀也立刻下沉，「嗆」地一聲，刀劍又交在一起，發出極燦爛的星花來。

星火激濺的剎那，只不過眨眼間，但郭傷熊就在這眨眼間看見對方青衣、勁裝、蒙頭蒙臉、雙目精光閃閃。

這一連四個印象，已深深鐫鑽郭傷熊腦海裡去，在剎那間能把極難認的攻擊者形貌記住，是郭傷熊的特長之一，他能在兩河之間被譽爲「小四大名捕」，實非僥倖。

就在這時，「嗤」地一聲急響，背後又響起一道劍風。

這道來劍之迅急，簡直比劍風更疾，郭傷熊大叫一聲，將左手的燒餅酒瓶，往後撒出，令出劍的人稍稍慢了一下，迴刀一架，「叮」地一聲，刀劍交擊，又迸星花！

這剎那間，郭傷熊也看清楚了來人——跟剛才那個青衫勁裝蒙臉夜行人完全一模一樣的人。

他心裡剛叫苦了一聲：見鬼了！背後那人又「嗤」地一劍刺來！

郭傷熊回刀招架，一面打一面退，他所退的方向，是向他原來左側的地方退去，是以他左右是敵人，但背後是空曠的地方，這樣的退法，是他身經百戰而且久經夜戰所得來的經驗，可以免於腹背受敵。

可是這時「嗤」地一聲，背後又一道劍風遽至，比前兩人所發出的劍勢，只有更急！

郭傷熊瞬息之間，變成左、右、後三方俱有強敵！

按理說在左右兩面勁敵急攻之下，後面這一劍郭傷熊是萬萬躲不過去了——如果郭傷熊的外號，不是叫做「一陣風」的話。

可是他就是「一陣風」郭傷熊。

他的武功精華，不是拳頭不是刀，而是輕功。

他怪叫一聲，拔地而起，衝起一丈三尺，斜飛十七尺，落在一棵枯樹椏上。

那三人三劍擊空，「叮叮叮」三把劍尖抵在一起，借劍尖互觸之力三人齊向後一翻，迅速沒入黑暗之中、碑石之後。

郭傷熊獨腳立在枯椏之上，久久不敢下來，他在心裡尋思：要是對手三人，再聯手攻擊，自己是不是抵擋得住？如果對方不止三人呢？這些究竟是什麼人，武功如此詭異劍法如此迅急？

他忽然想到傳說中有十二個人……不禁又打了一個冷顫，隨後又想：不會的，那是十二個人，不是三個人啊。

——幸好是三個人！

隔了好一會，還是沒有半點聲響，郭傷熊心裡又罵了一聲：見鬼！試探著問：「喂，朋友！」但幽蕩蕩、靜悄悄的，並無人相應。

郭傷熊又沉住氣，等了好一會，心裡不知罵了多少句「見鬼」，終於大聲叫：「喂，朋友，別躲藏了——」

但深夜裡沒有半聲回應，就像只有他自己一人在對著荒墳說話一般。

郭傷熊忍不住大聲喝：「喂，朋友，有種的別躲躲藏藏，滾出來吧！」這時天已快亮了，遠處傳來雞啼聲，郭傷熊這才知道，敵人大概已經走了，這使他感覺到又輕鬆，又沮喪。

輕鬆的當然是大敵已退，自己已無生命之虞，沮喪的是他身為兩河大捕頭「一陣風」，今個兒卻真的站在枝頭吹了一夜寒風，連對手是什麼模樣兒、半夜釘棺蓋是幹什麼來著也摸不著邊兒。

他這個大捕頭，可還有顏面麼？

但他的眼睛又在晨霧中亮了起來。

他以一隻狸貓一般輕盈的步履下了枯樹，仔細得像一隻老鼠在拖一隻雞蛋一般小心翼翼，但觀察那被挖掘過的坑洞，還有棺裡棺外。

然後他眼睛更亮了。

是他發現了什麼？

不管他發現了什麼，從他嘴角露出來的笑意，都可以感覺得出，他所發現的能令他極其滿意的。

是以他正準備離去。

他繞著墓地走了一小段路，這時，天已濛濛亮了，他一面走著，一面留意著墓碑後有沒有匿伏著敵人，就在這時，忽然之間，他的步伐頓住了。

他的眼光，一直留在一座墓碑上，那墓碑並沒有什麼特別之處，但他的眼睛像蒼蠅陷在蛛網上一般，被強烈的吸引著，以致一時無法把目光收回來。

然後他深深的吸了一口氣。

他吸這口氣的時候，眼神更亮了——無疑他是可以藉著一點晨曦，看清楚碑上的字——而如果他適才的笑容是表示著滿意的話，此刻他的臉容是充滿著詫異。

一種發現了重大秘密的詫異。

他又喃喃的說了一聲：「見鬼了！」跨出塚場時，他才擺擺手，旋了旋身，似乎這才想起自己爲求自保時，已把酒瓶和燒餅扔出去了，所以左手是空著的。

剛才在墳場上的兇險格鬥，就似一場夢一般。

但對於「一陣風」郭傷熊的發現而言，這絕對不是一場夢。

他一回到家，興高采烈地把他的侄兒搖醒，要把剛才所發生的事情告訴他。郭傷熊的侄兒雖然也是兩河「小四大名捕」之一，但就是因爲他是這一帶的名捕，所以他爲了辦案，已四天沒好好睡過一覺，對他的叔父天未亮就搖醒他的事情，始終惺忪著眼睛，有一半沒一半的聽著，何況，他叔父又沒有帶酒和吃的回來，故此更引不起他侄兒的興趣。

也因爲這樣的緣故，使得郭傷熊光火了，罵道：「你睡你的大頭鬼去吧！待我明天破了這個連環巨案，包管你疊高枕頭也睡不著！」他沒把故事的下半闕，尤其是發現了什麼告訴他侄兒，就啐了一口：「見鬼！」回到房裡去了。

俟第二天他的捕快侄兒睡醒了之後，到房裡一看，郭傷熊已無影無蹤，侄兒去問他的弟弟，才知道叔父一大清早就穿著衙差官服大搖大擺威風凜凜的出去了，不知上那兒去。

侄兒一想，叔父昨晚告訴自己的事，總覺有點兒不安，於是便匆匆洗過臉，趕到縣衙府邸去，但打聽之下，才知他叔父並沒有來過！

以他叔父平常克忠職守，每晨必依時依候到衙府巡視一趟，安排各路差役的事務，今日卻忽然有了改變，顯得極不尋常！

所以他立刻去找與他叔父共事的一位好朋友，巡捕都頭張大樹商議，這時候已近正午時分了，張大樹得悉後，也覺得此事頗不尋常，立即分派大大小小的捕快差役去找。

直至傍晚，郭傷熊仍是影蹤不見，消息全無，眾人這才知道事情不尋常到了極點！

張大樹呈報知府大人俞鎮瀾，知府大人加派人手，四處尋索，但忙了一整夜，仍一點信息都沒有。

由於郭傷熊在兩河一帶的功勛業績毋庸置喙，乃得河北大名都部署轉運使知州事吳鐵翼吳大人賞識嘉惠，所以知府俞鎮瀾即將此事呈報吳鐵翼。吳鐵翼大為震動，專任通判謝自居協助俞鎮瀾搜索，惟歷三日全無結果。

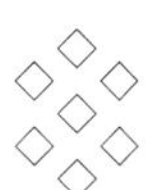

三天後，張大樹陪郭傷熊的侄兒在午時光景步出縣衙，或許張大樹是看出他愀

然不樂的樣子，便隨便安慰了一句道：「你別擔心了，你叔父外號『一陣風』，誰知道他是不是飛上屋頂去了。」

話未說完，猛見飛簷所投下的影子，輪廓邊上多了一團黑忽忽的物事。

兩人疾望一眼，飛身上簷，只見飛彩繪金的瓦簷上伏著一個人，已死去多時，屍首亦開始腐爛。

這人當然就是郭傷熊。

他的死因很怪，身上無一點傷痕，但由舌至喉，由喉至胃，由胃至肺，全都焦爛了，好像有一把火在他體內燒過似的，最奇怪的是他死的時候，雙手還抱著一塊墓碑。

那塊墓碑無名無姓，只有一塊類似「閃山雲」一般的翠綠玉石，嵌在墓碑上，有人認得，這塊墓碑是「大伯公義塚」處的其中一塊無名碑。

謝自居和張大樹，以及死者郭傷熊的侄子，都先後到「大伯公義塚」查過，可是一點線索也得不到。

這件案子，也成了眾說紛紜的無頭公案。

子。

二

把這件案子發生的前後過程，告訴鐵手和冷血的，不是別人，正是郭傷熊的侄而郭傷熊的侄子，也是名列兩河「小四大名捕」之一的郭秋鋒。

郭秋鋒外號「白雲飛」，跟他叔父郭傷熊一樣，都是輕功極高的六扇門好手。

郭秋鋒把這件案子始末告訴鐵手和冷血的時候，並不是要他們倆去插手這件事，因爲那時候冷血正在他的家養傷，而鐵手、冷血二人也正爲了兩河八大家的滅門慘禍大費腦筋的時候，而且，郭秋鋒堅決認爲，他叔父的案件雖迄今爲止，並無任何頭緒，但郭秋鋒仍堅持要親手破案，爲一手撫養他倆兄弟長大成人的叔父報仇。

郭秋鋒無疑是一個很有志氣的年輕人，所以鐵手和冷血雖對他手上的案件有興趣，但因知郭秋鋒倔強個性，便沒有插手干涉。

可惜郭秋鋒的遭遇可以說是極壞，他因受鐵手和冷血所託，保護「習家莊」二莊主習秋崖，竟然在戍守台戰死。

這時候鐵手和冷血也破了八姓滅門的慘案，以及平息了「習家莊」奪權之亂（詳情見《四大名捕走龍蛇》故事之《碎夢刀》一文），鐵手和冷血還沒有閒下來，便立意要替郭秋鋒完成遺志：照顧郭之親弟弟郭竹瘦，以及把郭秋鋒的叔父郭傷熊的案子查個水落石出。

他們第一個步驟，是找到了郭竹瘦。

郭竹瘦也是在衙門裡當差，只不過武功既不如他叔父和哥哥，輕功也鞭塵莫及，就連辦案能力也有一段甚遠的距離，所以郭竹瘦儘管是營營役役，也只不過是衙裡的一個雜事副都頭而已。

他們找到郭竹瘦，是爲了更進一步瞭解案情。

因爲他們的第二個步驟是研究「一陣風」郭傷熊是怎麼死的？

——郭傷熊的輕功如此之高，既已給他掠上屋頂，爲何卻死在簷上？是什麼殺了他？爲什麼要殺了他？如何殺了他？而郭傷熊那晚究竟發現了什麼秘密？這秘密跟他被殺又有沒有關聯？

第二回　手拈火炭的人

一

郭竹瘦的看法是，「叔叔他老人家不知勘破了多少案件，所以也不知有多少不法之徒想殺害他，但以叔叔五臟俱焚的死法來看，像被一把火燒入了肺腑裡去，叔叔的死因很可能是中毒。」

鐵手和冷血也是這樣推斷。

鐵手於是道：「你叔父平時跟什麼人特別要好的？」

郭竹瘦是個臃腫肥胖的青年，沒精打采的坐在那裡，移動對他而言是一件頗費力氣的事。他聽到鐵手這樣問，才微微動容。「你的意思是——？」

「你叔父既是中毒死的，那麼很可能是飲食時出事的，但以『一陣風』郭傷熊的精明歷練，不致會胡亂吃下可疑的東西，除非——」

「除非毒死他的人，是他不提防的人，將毒藥滲入食物中……」

「是了。」

「叔父的密友，我也不清楚，但大部分捕役跟他都義氣相交，融洽得很。」郭竹瘦沉思了一會兒道：「府都頭捕役張大樹跟他卅年相交，可能在他那處會知道較多。」

鐵手和冷血正待跨出門楣，但見小屋破舊，牆壁剝落，心中不禁暗嘆一聲，冷血忽問：「令叔去後，可以說是因公殉職，不知……」

郭竹瘦立即道：「總算通判謝大人呈報請願，吳知州事厚加撫恤，發下了三十五兩銀子……」

「三十五兩銀子？」冷血和鐵手心裡不覺發出一聲唏噓，一條好漢的性命，三四十年來為破案而歷盡萬難，死後所發的撫恤金平均一年不到一兩銀子，但看去領這唯一的一筆「犒勞」的郭竹瘦，已經頗為滿足了。

看來沒了命的好漢當真是不值錢！

看來如果沒有以高賢稱著的通判吏謝自居代為訴願的話，官衙只怕連這三十五兩銀子也省下來了。

想到這裡，鐵手和冷血除了自己掏腰包交給郭竹瘦，希望能使他有能力把喪事辦得風光一點，能過點好日子外，心裡也不禁發出一連串的苦笑。

萬一有一日出事的是自己，又值多少兩銀子，還是多少文錢？

二

張大樹是一個豪邁的人，聲若洪鐘，滿臉厤皮，一提到郭傷熊的死，他就拍桌子：「格老子的，這些日子來，東查沒有消息，西查沒有結果，人人都已淡忘此事，都龜兒子的撒手不幹了！他奶奶的，難道這些年來，郭頭兒對兄弟們的照拂，就此一筆勾銷嗎？他奶奶的熊！別人不管，我張大樹可不放手！」

鐵手道：「張大哥講義氣，這點我很敬佩，我們也正是來為郭頭兒案件查個水落石出的……卻不知張大哥可否告訴我們郭頭兒平素常跟誰人一起吃喝？」

張大樹楞了一楞，張大了口，指著自己鼻子，道：「我。」

鐵手問：「那麼，事發當天，郭頭兒有沒有跟你一起？」

張大樹道：「沒有。前一天晚上，他留在衙裡翻檔案，說要查明一件疑案，我沒有等他，跟朋友到張家老店吃喝玩樂去了。」

鐵手又問道：「此後你就沒有見過他了？」

張大樹道：「有。」

鐵手道：「哦？」

張大樹道：「我再見到郭頭兒的時候……他……他已經是一具死屍了。」

鐵手心知這張大樹愚魯正直，便問：「那麼，平常郭頭兒還會跟什麼人一起飲食？」

「你想從郭頭兒中毒的事去追查下毒的人是不是？」張大樹這下可精警得很，「沒有用的，郭頭兒身在公門，常跟不同的人物吃吃喝喝，不過，郭頭兒常在未飲食之前手心暗捏銀針試毒，格老子的，我就常勸他別提心吊膽的，卻沒想到他那麼精細的人還是中了毒。」

冷血忽問：「而今郭頭兒死了，是什麼人補他的位子？」

張大樹又指著自己的鼻子道：「我。」隨後又顯出十分煩難的神情來，「原本郭頭兒死後，該由他侄子郭秋鋒補上，但禍不單行，他侄子也……憑我的本領，做頭兒可擔待不來。」

鐵手拍了拍他的肩膀安慰道：「吃六扇門飯的，義字當先，法理爲念，常存持正忍讓之心便得了，只要伙計們服氣，就有做頭，你不必太過擔心。」

隨後又問：「郭頭兒臨死之前，接辦的是什麼案子？」

張大樹答：「我們這裡分門別類，大家所接的案子都不一樣，但都聽郭頭兒的話。他所接的案件，我也查過了。看似沒什麼噍類……」

鐵手即道：「那就煩張大哥帶領我們去看看檔案。」

「檔案？」張大樹搖搖頭道：「沒有了。」

鐵手奇道：「怎會沒有了？」

張大樹道：「全給拿走了。」

鐵手即問：「誰拿走了？」

「謝大人，」張大樹道：「自從他接手辦這件案子後，俞大人就把檔案資料全都送到他那兒去。」

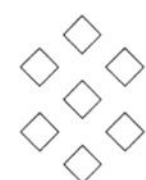

謝大人就是通判吏謝自居，他是知州事吳鐵翼派來調查這件案子的專任人員，以廉潔出名，俞鎮瀾是知府大人，也就是郭傷熊、郭秋鋒、張大樹、郭竹瘦的直接上司，他的司職位雖不在謝自居之下，但既是吳鐵翼大人特派來查案的人，郭傷熊案件的事就當然以謝自居馬首是瞻。

鐵手想了想，便問：「就你記憶中，郭頭兒手上所接的案件中，有什麼特別的沒有？」

「特別？」張大樹搔搔頭，「他奶奶的……特別？有……有一樁是強盜劫殺案……一樁是兒子弒死老父的案件，嘿，嘿！還有一樁老鴇拐帶少女案，還有姦殺案，連環姦殺案……還有，就是，盜匪殺人案——」

鐵手見他語多重複，搔頭摸腮的，顯然是記不清楚，便道：「這些案件看似平凡，但可能跟郭頭兒之死有些關係……就煩張大哥帶我們去見謝大人。」

張大樹訕訕笑道：「好，兩位大爺跟我這等一介武夫必定問不出結果來，去問謝大人是最好不過了，他有學問，說話似做文章一般的……我這就帶你們去。」

「不准去。」只聽一個聲音大笑道：「誰要是不跟我一起喝酒吃飯就走，那就不把我這個小小的知府瞧在眼裡！」

鐵手回頭笑道：「誰知道你酒菜裡有沒有下了斷腸藥？」

「下了。」那人豪邁自在，不拘形跡地笑道：「早就下了。這一次，一定要把你們吃得把慢藏誨盜的事，都一一招供不誤！」

鐵手搖手笑道：「俞大人，可別亂說，慢藏誨盜罪名可不能胡謅。」

那人臉貌方正，皮膚微黑，大目濃眉，很有風度，正是知府俞鎮瀾。只聽他哈哈笑道：「什麼胡謅？這幾日來，兩位老兄來到了敝地，也不來看看兄弟我，我道是沒把兄弟我瞧在眼裡了？原來兩位老哥在習家莊有兩位紅粉知己，溫香玉軟，銷魂蝕骨，自當忘記了我這個兄弟了！哈哈哈……」

鐵手又好氣又好笑道：「俞大人快別這樣說，我們跟習家莊三姑娘、小珍姑娘等，只是萍水相逢，禮儀相交……」

俞鎮瀾哈哈大笑，說道：「老兄又何苦不認呢，來來來，要吃我這一餐賠不告之罪……」

冷血忽反問道：「俞大人不愧在江湖上人人暗稱一聲『插翅虎』，惡人見著你，果真插翅難飛……唯獨是我們到貴地不過三天，俞大人就已把我們調查得一清二楚的……」

俞鎮瀾微微一楞，隨即笑道：「冷老兄不必介懷，職責所在嘛，難免都要調查。就當兄弟我的不是，一塊兒去寒舍喝杯水酒吧……」

鐵手笑道：「俞大人那裡話了——」他見無可推辭，便只得接受了，「順便也要向俞大人請教一些郭頭兒的事。」

俞鎮瀾哈哈笑道：「兩位神捕肯助下官調查郭捕頭慘案，自是最好不過了，但是——」俞鎮瀾正色道：「我叫俞鎮瀾，你就別叫俞大人什麼的，難道要兄弟我也喚你作『鐵大人』、『冷捕頭』不成？嘿嘿——」隨後他又拍拍畢恭畢敬的張大樹肩膀道：「張捕頭，你也一塊兒來吃這一頓吧。」

三

鐵手和冷血二人跟俞鎮瀾雖非深交，但因辦案之故，碰過幾次面，有點淵源，俞鎮瀾對鐵手、冷血等四大名捕都十分恭敬，十分客氣，也十分熱烈。而俞鎮瀾爲人豪邁好客，冷、鐵二人有時被他盛意拳拳弄得盛情難卻。

四人在席間，談笑甚歡。

只是在吃到一半的時候，忽然走進來一個人。

這個人，穿著長長的白袍，腰間隨隨便便的繫了一根麻繩，身材顯得又高又瘦，頭上戴了一頂竹笠，竹笠垂得低低的，把這個人的臉孔幾乎十分之八都遮在陰影之下，只有露出一個尖削的下巴，泛著青黑的短髭。

這個人的形容，也沒怎麼，但他一走進來，使得冷血和鐵手的心裡，起了極大的激盪。

鐵手本來正要喝下一杯酒，但酒到咽喉，好像一團火般地燒了起來，他感覺到竹笠後那什麼也看不到之處，彷彿有兩盤森寒的火，鬼火！

冷血本來正用筷子挾一塊肉，就在這剎那間，那人走進來了，他的手指立刻像結了一層冰似的，一直寒到心裡頭去。

那人也靜了下來，站在那裡。

只有張大樹背向那人，什麼也看不見，猶伸著筷子往便爐裡撈。

俞鎭瀾也發現了來人，忙笑著站起，道：「你來了。」

那人的竹笠微微的，而且緩緩的動了一動，算是點頭。

俞鎭瀾又道：「請過來喝杯酒。」

那人的竹笠打橫動了動，算是拒絕。

張大樹這才發現有人站在自己後面不遠，回過身去，沒好氣地道：「怎麼？俞大人跟你說話，你是聾的——」

就在這時，「卜」地一聲，便爐炭火過旺，熱流將爐裡一塊燒紅的木炭爆了出來。那人突然之間，已到桌邊，伸出了手，用兩隻手指挾著燒灼的木炭，放回爐裡去。

俞鎮瀾忙道：「謝謝。」

那人在桌子面前停了一停，似對俞鎮瀾微微一欠身，回頭就走，走入屋裡，鐵手和冷血注意到他腋下挾了把油紙傘。

張大樹喃喃地道：「奇怪，這人入屋還不除笠，真是去他——」想到知府大人在座，便沒敢真罵下去。

那人返身走後，鐵手和冷血才緩緩地吁了一口氣。

——如果這個人是他們的敵人，恐怕可以算得上是他們平生難得一遇的勁敵……雖然他們從沒有聽說過這樣的一號人物，也不知道此人是誰。

「看來，」鐵手向俞鎮瀾道：「這位仁兄跟大人很熟？」

「叫我俞鎮瀾，」俞鎮瀾又恢復了笑容，用一種官場上慣性的低語道：「他是吳鐵翼吳大人身邊的人，我們也只是別人的屬下，他這種人物，誰敢招惹上身？便由得他來去好了！」說罷又哈哈地勸起酒來。

有一個人，就算不勸他喝酒，他也一樣醉倒，這人當然就是張大樹。

一個醉了酒的張大樹，自然不便帶冷血和鐵手去找謝自居。鐵手和冷血就算再心急，也得等到張大樹酒醒之後才能辦事。

他們只有暗下嘆息，向俞鎮瀾告辭，扶張大樹回去歇息了。

俞鎮瀾送他們到了大門，本來雇了馬車，但鐵手和冷血婉拒了，要扶張大樹走回去，張大樹的住家離知府府邸約莫四里路，鐵、冷二人堅稱走路回去，夜風會使張大樹酒醒得快一些。

他們離開了知府府邸，俞鎮瀾的豪笑聲依然在耳際迴盪。

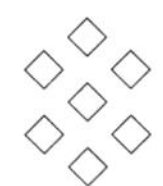

雖是十八天氣，但因下著毛毛雨，浮雲蔽月，風吹甚勁，很是寒冷。

這一條回返張大樹居所的路，一面靠河岸，河上的風吹來，吹得三人衣袂翻動，而四周漆黑一片，只聽見樹葉被勁風吹得猛翻的聲音。

鐵手長吸了一口氣，忽道：「好了，請出來吧。」

第二部　冷血的心

第一回　十二單衣劍

一

風在河岸狂嘯，黑夜如墨。

沒有人回應。

冷血也大聲道：「不要躲了，請現身吧。」

還是沒有人相應。

張大樹醉得葷七八素的，聽冷血、鐵手這樣叫，迷糊得不知想到那裡去了，便咕哩咕嚕地道：「什麼？來？我不來了，不來了……」

忽聞「咭」地一聲，原來躲在黑暗裡的人聽到張大樹哼哼唧唧，忍俊不住笑了起來。

只見一個高高眺眺，眼睛亮得好像會開花，兔子牙可愛得像就要蹦跳出來一般的女孩子，興興頭頭的走了出來，雙手擺在身後，一副像小孩子做了什麼得意事等著大人誇獎一般歪著頭，側著臉，問：「怎樣？我的跟蹤術把你們嚇倒了罷？」

冷血一見她走出來，心就開始疼，頭就開始痛。

他是被在黑夜裡活靈靈的美美得心都疼了，但是見到她他就不得不頭痛。

因爲這個女子不是誰，正是「習家莊」刁蠻三小姐習玫紅。

他沒有話說。就算有話說也說不過習玫紅。

幸虧鐵手總算有話說，「三小姐。」

習玫紅側了側頭，又笑露了兔子牙，「嗯？」

鐵手道：「妳好像不止一次被我們發現妳跟蹤我們了罷？」

習玫紅說：「才兩次罷了。」

鐵手道：「不過，妳也『才』跟蹤了我們兩次。」

習玫紅有點委屈的說：「是呀，才兩次。」

鐵手道：「我們相識，好像才三、四天。」

習玫紅更委屈了：「連今晚是第四天的晚上。」

鐵手儘量以溫和一點的語氣道：「妳認識我們才三、四天，卻跟蹤了我們兩次，而且跑到這種又黑、又冷、又臭、又危險的地方來，妳不覺得……太……太傳奇一些了麼？」他本來還想講得兇惡一些，但看見習玫紅聽到一半，嘴已經開始扁了，他只好把話說得儘量輕一些。

果然習玫紅非常委屈的說：「你以爲我很喜歡這樣跟著你們的嗎？」她是回答鐵手的話，但卻是看著冷血說，而且，在她問完這一句後，更倍覺自己有多可憐、多委屈，「在這裡，又冷，又黑，我又餓……而你們，自管自往前走，你們——」這樣說著的時候，她彷彿已忘掉是自己跟蹤他們的，而像是他們一起走著的時候，他們把她撇在後面一般。

「我是擔心你們查案的時候出事情，好意關心你們，特意來看看有什麼可幫上忙的，誰知，你們——」說到這裡，已經熱淚盈眶，晶瑩欲滴了，偏在她緊咬著唇不讓自己落淚的時候，她又想起她這樣折磨自己是一件很悲壯的事，所以眼淚簌簌而下，儘管她心裡一直叫自己：小紅，不要哭，不要哭，不要落淚給這些臭男人看……可是越叫越哭得傷心。

鐵手長嘆一聲，向冷血遞了個眼色。

冷血搖搖頭。

鐵手這次一面遞眼色一面打手勢。

冷血臉有難色。

習玫紅終於「哇」地一聲哭出來（這班鬼東西竟然還在我面前裝古弄怪）。

冷血只好走了過去，直挺挺的走到習玫紅身前，不知如何是好。

習玫紅噙著淚珠，只抬頭看了他一眼，又嚎啕大哭，越哭越傷心。

冷血只好遞給她一張手帕。

習玫紅一把搶過來，抹了眼淚又擦了鼻涕，還胡亂抹了一把臉，皺了皺眉，帶著抽泣聲問：「你的手帕多久沒洗？」

冷血回答道：「七十六天，如果妳還要，我還有一條……不過還是這條乾淨一些。」

習玫紅「哇」地一聲，像丟掉一條蛇一般丟掉手帕，捏著鼻子道：「哇，哇，難怪那麼臭了……」

冷血訕訕然又喃喃地道：「還是新的呢……」

習玫紅忽睜著淚眼問：「我問你，我的跟蹤術是不是很差？」

冷血趕忙道：「不差，很好。」

習玫紅睜大了眼：「很好？」

冷血即道：「太好了。」

習玫紅想了想，樣子忽然變得很虛心的樣子，盈盈地道：「我要你告訴我真話，我的跟蹤術有多差？」

冷血：「……」

習玫紅嫣然一笑道：「你說真話，我……我不傷心的。」

冷血道：「說……真話？」

習玫紅潮濕的眼睫毛對剪，肯定地道：「嗳。」

冷血嘆了一口氣道：「跟蹤過我們的人，實在太多了……妳在他們之中，可以算在三名之內。」

習玫紅喜道：「三名之內？」

冷血道：「要倒過來數。」

習玫紅嗔惱地道：「那……那你們爲何要到這裡才發現我在跟蹤？」

冷血道：「其實一出知府府邸，我們就知道妳在跟蹤了。」

習玫紅咬著下唇，細聲道：「你又怎樣……知道是我？」

冷血正直地道：「因爲像妳這樣的跟蹤術，世間並不多有。」

習玫紅懊惱地道：「你真會說話。」

冷血張嘴笑道：「我是說真話。」

習玫紅真的恨不得給他一記耳光，但回想起當日初見面時給了他一巴掌的狼狽情形，不禁「咭」地笑了出聲。

冷血問：「妳笑什麼？」

習玫紅說：「風景那麼好，你看，漁火點點，多麼悽迷，風又那麼大，難道我也像人家整天拉長著臉，不笑？」

這時河上漁火數點，但狂風中閃爍著悽迷，岸上也有數點篝火，在岸邊蘆草叢中動盪著。

冷血忽然說道：「妳二哥輕功進步得好快！」

習玫紅訝道：「怎麼說？」

冷血道：「他不是跟妳一起來嗎？幹什麼不現身出來？」

習玫紅回頭望去，臉上盡是不解的神情：「二哥？他陪小珍在習家莊，小珍本要來的，可是他不給，怕她受寒……怎麼？他也來了嗎？」

冷血神情大變，道：「妳跟蹤我們的時候，一直有人在妳背後三尺之遙。」

習玫紅只覺一陣心寒，不覺機伶伶的打了一個寒噤。

只聽鐵手的聲音非常低沉：「河上的漁火，岸上的篝火，你們既然已經來了，就把火照亮大伙兒吧！」他說這話的時候，神充氣足，聲音滾滾盪盪的傳了開去。

他這一句話喊出後，河上的火光以及岸上的火光，迅速地向他們這裡圍攏結集，鐵手向冷血沉聲說道：「這些人恐怕非同小可，我打正面，你迴護三小姐和張大哥。」

冷血也不推搪，只一點頭，已掣劍在手。

習玫紅叫道：「我不要衛護，我也……」她話未說完，驟然之間，一道急風，疾打習玫紅！

冷血大喝一聲，「叮」地一響，長劍遞出、刺在那事物上，星花四迸。

同時間，「虎」地一響，冷血背後已中了一擊！

冷血硬受一擊，劍迴刺，但刺了一個空，那物體又「虎」地一聲收了回去！

如果對方是手拿著刀或劍甚或是棍槍的話，冷血縱使硬受一擊，但也還必定能及時反刺中對方。

可是他這一次失望了。

對方離擊向他的事物，至少有七尺之遙。

冷血大喝一聲，受了這一擊，居然不倒。

黑暗中的人一擊得手，卻並沒有再出手。

這時火光已自水上陸上，漸漸逼來。

習玫紅情急地扶著冷血，問：「你怎麼了？」她清清楚楚地聽到那物體擊在冷血背上一聲沉重的悶響。

冷血搖首，但沒有開口。

習玫紅心想：這倒奇了，看來他一點事兒也沒有，這人壯得像牛一樣，挨一兩下痛擊也不會有什麼事的。

就在她這麼想的時候，水上六支火把，岸上六根火把合攏過來。

二

衣袂獵獵。

火光熊熊。

十二個青衣人，左手拿著火把，右手一支又細又長的劍；緊身蒙面窄袖青衣，每人俱雙目炯炯有神，似厲電一樣。

鐵手深深吸了一口氣。

火光緩緩的移動著。

鐵手的聲音如兵刃交擊：「十二單衣劍？」

對方沒有答話，只是移動更急了。

這十二人移動雖然快、急、詭異，但絕不零亂，火光在狂風中晃搖，在黑暗中刺目而灼眼。

習玫紅睜大雙眼，忍不住大聲道：「小心，是陣勢——」話未說完，雙眼只見一陣火光急閃，緊接著便是一陣刺痛，雙目在這剎那間幾乎完全不能視物。

就在這瞬息間，她聽身邊有一聲低喝，一聲怒吼，緊接著身邊有急風撲面、兵刃相交之聲！

怒吼是冷血的。

低喝是鐵手的。

她再張開眼睛的時候，局面已有顯著的不同，冷血已站在前鋒，鐵手微微喘息著，身上衣衫，有三處已成赭色，但火把也熄滅了三根。

只聽鐵手低聲疾道：「老四，回崗位去！」

冷血道：「我來擋一會。」

鐵手低叱道：「回去！」

冷血不再多說，退回原位，習玫紅發覺他堅忍緊閉的唇角有血絲滲出，右胸也染紅了一片。

習玫紅不禁低低叫了一聲。

她發出這聲低呼時，冷血和鐵手都在同一瞬間向她望來。

習玫紅正想開口說話，忽覺火光捲臉而來，使她剛張大了嘴想說的話，被一陣熱焰逼了回去。

她要避，也不知該如何避；想招架，也無從招架起。

在這剎那間，她只有及時閉上了眼睛，聽天由命。

她閉上眼睛的剎那間，只聽「嗤、嗤」之聲響不絕耳，就似有幾百條毒蛇一齊向她噬來一般。

但另一道尖厲的劍風聲，「嗤」聲在那裡響起，它就擊到那裡，東倏西忽。但是習玫紅從來也沒有聽過這麼凌厲的劍風聲。

劍風之外，還有風雷之聲。

習玫紅大爲好奇，禁不住偷偷地把眼睛打開一條縫，只見她的身邊，前、後、左、右、上、下、正、側，盡都是拳掌的影子。

而「嗤嗤」的劍風時破拳影掌牆而入，甫一擊入，就被一道厲電似的劍光擋了回去。

習玫紅實在不知圍繞著她身邊的事物怎麼一下子會變成了這樣，但她畢竟是練過武功的人，知道對方正乘隙攻擊她，而鐵手和冷血正一面維護她，一面跟那些劍手作殊死戰。

「虎」地一聲，那些人遽然收劍，對他們手上的火把一起吹了一口氣。

火焰像燒著了油似的憑空捲了過來，習玫紅驚呼一聲，以手遮臉，生怕燒著自己的容顏，忽覺左右雙臂被人挾起，一退二丈！

左邊是鐵手。

右邊是冷血。

鐵手身上的綢袍，又多了一道赭色。

火光過後，河岸寂寂，沒有漁火，也沒有篝火，更沒有人。

習玫紅叫道：「人呢？人都到那裡去了？」

鐵手和冷血這時才長吁了一口氣。

然後他們把全身繃緊的每一寸每一分肌肉鬆弛下來。

鐵手開始輕咳，一聲，兩聲。

冷血道：「你……」

鐵手搖頭，微笑問：「你呢？」他的眼睛在冷寂的岸邊溫暖得就像一盆爐火。

冷血抹了抹嘴邊的血絲，道：「不知是什麼武器，無聲，而且隔空擊人，蘊有巨力……」

鐵手道：「那人如跟『單衣十二劍』一起聯手，我們縱盡全力，亦只有四成勝算。」

冷血說道：「這人武功極高，不知是誰？」

鐵手的眼睛閃動著一種難以言喻，既是奮悅但又傷感的光彩：「不管他是誰，我們一定還會再遇上他，到時候，這人是我的，你不要搶。」

冷血淡淡一笑，道：「二師兄，每當作戰時，你總把強敵攬在自己身上。」

鐵手道：「十二單衣劍，也是江湖上罕見的殺手，剛才一戰，我掛了四道彩，只傷了他們五人。」

冷血忽道：「卻不知那人爲何不與『單衣十二劍』一道出手？」

鐵手道：「因爲他們今晚夜襲，主要目標不是我們。」

冷血回過頭去，原本張大樹是背靠著一株垂柳的，他回首看的時候，張大樹還是靠著樹，雙手大字形的站著，嘴巴張開著，喉頭裡溢滿了血塊。

冷血冷哼一聲，道：「那人以不知什麼物體，擊中樹後，再由樹身傳力，震碎張大樹的心脈而致死。」

習玫紅皺眉道：「什麼？」

冷血沉吟道：「奇怪，這些人爲什麼要殺張大樹？」

鐵手道：「那是因爲張大樹可能知道了一些秘密，他們不想他說出來。」

冷血道：「那麼，張大樹和郭傷熊是因爲一個秘密而死的了？」

這時習玫紅掩嘴叫出聲來，因爲她終於發覺張大樹已經被殺死了。

「所不同的是，」鐵手道：「郭傷熊是知道秘密的關係重大而被殺，張大樹可能根本沒有這種醒覺。」

「那麼說，」冷血道：「如果我們不來，也不找張大樹問話，他們就可能沒有必要殺張大樹了？」

「可以這樣說，」鐵手皺著眉心說：「可是，張大樹所知的秘密是什麼呢？」

第二回　腋下夾傘的神秘人

一

河風急嘯著，像在河的盡頭一直吼了過來。沒有一點火光，河水是洶湧漆黑的，偶然爲雲裡的月色映出一點灰濛濛，好像隔著陰間陽世的一道飄渺水。

習玫紅不禁站近鐵手、冷血一些兒，靜悄悄地說道：「我們……我們還是回去才聊吧。」

冷血看看鐵手，鐵手道：「好。」又道：「你右胸的傷……」

冷血搖搖頭：「不礙事的。」

鐵手道：「那隱在噴火焰後攻來的兩劍……你似乎應該卸開再反擊才不至於……」

冷血點點頭道：「我知道，但我不能卸，也不能退。」

鐵手溫暖的眼睛有笑意，瞭解的點點頭。

習玫紅忍不住道：「他是爲了維護我才會受傷的是不是？我不該來的是不是？我來了連累你們是不是……？」聲音已哽咽。

「不。」冷血正色道：「妳一定要清楚一件事，就是，是我們連累了妳，不是妳連累我們。」

「真的？」習玫紅破涕爲笑。

「不管誰連累了誰，我們都走吧。」鐵手道：「敵人似要阻止張大樹去見謝自居，我們要知道真相，就去問謝自居。」

二

謝自居顯然毫不知情。

謝自居因專查郭傷熊案，而暫寄都督府察辦，他聽了鐵手和冷血的陳述後，撫髯道：「我這七、八天裡，也查不到什麼東西。張大樹說來說去，也是一些無關重大的資料，對案情沒有什麼幫助……兩位來了，正好給下官一些指示。」

鐵手忙道：「指示不敢當，謝大人客氣了，我們原本是路過此地，只是郭秋鋒爲助我們破一件案子而殉職，我們自當爲他一了他叔父郭傷熊離奇命案，不敢橫加插手。」

謝自居正色道：「鐵兄冷兄，請千萬不要以爲謝某對二位來稽查這件案子有任何逾越之處，謝某原本對二位……應該是四位，一向異常欽慕，謝某以前也算是武林中人，現在亦稱得上江湖人三個字，二位來到協助調查，我高興還來不及，二位若有什麼差遣，請儘量吩咐，如果客氣的話，那就是二位看不起謝某人，不想交我謝某這個——」

鐵手即道：「謝大人這是那兒的話。」原來這謝自居當年也曾在江湖闖蕩過，但他文才好，能力高，從佐吏一直積功遞升上去，做到了通判。他很有江湖氣概，也或許因爲這點，吳鐵翼便派他來處理這一件牽涉到武林高手的兇殺案。

冷血道：「自居兄。」

謝自居大喜道：「冷兄。」

冷血道：「現在我們對案情不清楚，談不上幫忙兩個字。還是請自居兄先幫個忙，把郭傷熊捕頭死前承辦的案子紀錄，給我們看看。」

謝自居道：「三位遠道而來，謝某尚未備水酒招待……不過，我知道三位的脾氣，來來來，咱們一起研究討論再說。」

三

郭傷熊死之前，在他手上接辦而未破案的案子共十四件。

十四件中有八件是平常也無聊的案子，不會有什麼可疑，不外是一些普通的偷竊、傷人、酗酒行兇、強盜殺人、通姦等案。

還有其他六件，有四件也並無可疑處：一宗是土匪掠劫案，但那群土匪顯然是「蹼家族」那一群人幹的，與此無關。一件案子是兩幫械鬥，是「無師門」跟「簑衣人」兩派的仇怨，也牽不上關聯。另外兩宗，一宗是習家莊的離奇案子（這宗案已給鐵手、冷血破獲），一宗是八門慘禍的案子（其實這宗案子便是「習家莊」的同一案子，詳情見拙作《四大名捕走龍蛇》之《碎夢刀》）。

另外兩宗，一宗是「財伯」尤獨虎的鏢銀三千兩全被截劫的事，護鏢的人自然無一生還，但有人曾看到案發時正有十二騎青衣人，馬馱重物急馳離去。

鐵手和冷血看到這一則，不禁互望一眼，心裡同時想起江湖上，武林中的一個代號：「十二單衣劍」！

還有一宗案件，十分古怪。兩河一帶有一個地方叫做「大蚊里」，人家不多，但卻發生了一件駭人聽聞的事：那兒的蚊子會咬死人。年來村民逐漸遠離該地，一個外地來的年輕人，經過「大蚊里」之後，不知怎的，回去就神智不清，一口咬死了他的父親，又咬死了他的夫人，街坊生怕這人危害大眾，便夥眾要把他殺掉，卻給他逃遁了，不知躲到那裡去。

鐵手和冷血，看到這宗案子，都生起了濃厚的興趣來。大蚊里的蚊子究竟是怎麼一回事？那個年輕人又究竟是怎麼回事？他躲到那裡去了？

可是這宗案子，乍看跟郭傷熊被殺案也沒什麼關聯。

從郭傷熊未死之前一手處理十四宗案件這事看來，可以知道郭傷熊在衙捕裡地位有多重要，同時也可以瞭解他有多忙碌，以致常常夜深不能歸……同樣也可以瞭解到衙府裡多麼缺乏人手。

要是窮侈極奢的朝廷肯多撥一些銀子來加強禮義律法的維持，一定更爲成功，鐵手和冷血不禁打從心裡有著這樣的感嘆。

「這幾宗案子，凡有可疑處，我都著人或親自查過了。」謝自居苦惱地說，顯然他是爲了這些案子花了不少努力的。

兩人再把資料檔案，從頭到尾再研究了一遍。奇怪的是，兩人心頭一起浮起了一個迷惑，好像發現了一些東西，又好像是缺乏了一些東西，但兩人又分不清那究竟是什麼。

「我也研究過郭捕頭是不是在食物中被人下毒而致死的。」謝自居補充道：「但是，郭捕頭爲人的小心審慎，可謂令人震佩……」

他苦笑又道：「郭捕頭就算在俞鎮瀾俞大人家中吃酒，也一樣手指縫夾著銀針，先試過有沒有毒再吃喝。」

鐵手和冷血聽到這裡，不禁深深佩服起謝自居查案的精神，爲一個已死去且無親無故的人查案子，他也一視同仁，連知府俞鎮瀾也一樣生了懷疑，可見他辦案之精細。

鐵手也苦笑道：「也就是說，誰想毒死郭捕頭，都是一件不可能的事了？」

謝自居沉重地點頭。

冷血道：「但根據剖屍，郭捕頭的確是被毒死的，是不是？」

謝自居苦笑一下，再點頭。

冷血問：「那你有沒有驗過，究竟是什麼毒藥？」

謝自居嘆道：「我也未曾見過那麼厲害的毒藥，待進了胃部，然後才發作，一旦發作起來，胃焦肺裂，但藥物全不留點滴……我不知道是什麼毒藥。」

鐵手忽道：「會不會我們繞了一個大圈子，郭捕頭根本不是給人毒死的呢？」

謝自居瞠目道：「如果不是毒藥給郭捕頭吞下，又爲何他身上沒有其他傷痕的呢？」

鐵手道：「這也難說，譬如說，對方拿醮有劇毒的針，刺入一些不顯眼的地方，如手指甲之內，或眼皮內、口腔內，便可以將毒輸入體內。」

謝自居即道：「如果毒針是刺入體內，郭捕頭不會身上並無其他部位中毒，而只是食道由喉至胃焦爛的。」

鐵手道：「如果對方是把針刺入他的喉管裡……極微小的一個針孔，只要不注意，是很難發現到的。」

謝自居很肯定地道：「我已親自驗屍三次，連個針孔都沒有。」

冷血忽道：「郭捕頭以前有沒有受傷過？」

謝自居呆了一呆，道：「一個這麼有名的捕頭，不可能沒受過傷。」

冷血道：「這就是了，他雖沒有新近的傷口，但有沒有舊傷？」

謝自居道：「有。」

冷血道：「如果他舊傷結了血塊，而針頭只要自舊傷再刺了進去，是不會被發現的，假使這傷處又剛好在食道喉管胃囊或唇舌之間的話……」

謝自居立時跳了起來，大聲吩咐下去：「快，叫仵作來，我們還要驗屍……」

四

這世界上的人，雖然一半以上是看過屍首，但絕大部分都沒有看過驗屍。

驗屍是什麼？

只要你把一隻青蛙從肚子剖開，把牠的五臟腸子全部掏挖了出來，流了一地，你就能想像挖開一個人的身體，那是什麼滋味。

謝自居、鐵手、冷血都目不轉睛的看著仵工剖屍，雖然三個人，一個擦著汗，一個皺著眉，一個還是忍不住要握緊了拳頭。

至於習玫紅，早已被「請」到密室上面休息去了，否則她要是看了，只怕跟大多數的仵工一樣，都不敢再吃動物的腸肚臟腎。

剖解的最後的結果是：沒有這樣的傷口，也沒有這樣的針孔。

鐵手忽下令：「剃光死者的頭髮！」

如果針孔在腦蓋上，如刺在百會穴等，也能起影響腸胃的作用。如果針孔扎在密髮之間，任誰也查不出來的，除非將頭髮剃光。

髮已剃光。

並無針孔。

鐵手苦著臉，走到郭傷熊屍首跟前，肅然道：「郭捕頭，我們為了查明案子，爲你復仇，而數次驚動你的遺骸，請你原宥。我們一定會緝拿兇手，使你瞑目於九泉之下的。」

五

跟謝自居一起用飯之際，鐵手、冷血和謝自居都並不怎麼開胃，只有習玫紅是例外，她吃得非常開心。

謝自居眼邊的皺紋似乎一下子深了許多，「看來，郭捕頭真的是食物中毒而致死的了。」

冷血想了想道：「食物？郭捕頭的胃部似乎沒有其他的食物。」

這點鐵手深不以爲然。「毒力既可把他腸胃全部焦爛，也當然可以把食物全部化掉。」

謝自居鬢邊的幾根白髮特別顯眼。

「那麼，是誰可以對向以小心慎重稱著的郭捕頭下毒呢？」

冷血目光閃動說道：「會不會郭捕頭所中的毒，根本是失去抵抗力之後被人硬灌進去的呢？」

鐵手道：「這也有可能。」

謝自居道：「不過，有誰可以抓得住郭捕頭呢？他的外號叫『一陣風』，打不過可以逃啊。」

鐵手道：「這也很難說，就以暗算過我們的『十二單衣劍』來說，要是他們十二人一起出手，郭捕頭輕功再高，也不易逃逸。」

冷血補充道：「就算是他輕功再高，有時也很難說，他侄兒郭秋鋒外號『白雲飛』，輕功不亞於其叔，但也許是爲了某些緣故，不願逃離，只好戰死了。」

謝自居道：「看來要破郭捕頭的案，還得先擒下『十二單衣劍』……這十二劍武功高得出奇，若只是我手邊的兵力，對他們仍是一籌莫展的……」

鐵手道：「自居兄當官以來，以廉介不苟取令江湖人稱羨，別說我們職責所在，單是這一點上我們也願與謝大人共同進退……只是，『單衣十二劍』尚不足畏，那暗中出襲的人才可畏……」

謝自居沉吟道：「奇怪，這一帶沒聽說過有這樣的高手……」

鐵手忽然問道：「謝兄沒幾天好睡了罷？」

謝自居一哂而笑道：「敢情是我滿臉倦容了？」

鐵手笑道：「案子只要鍥而不捨，絕不放棄，定會有水落石出的一日，謝兄還是不要太過傷神的好。」

謝自居苦笑道：「只怕我這尚剩的幾天不多傷一點神，以後，……以後連傷神的機會也沒有了。」

鐵手、冷血齊道：「此話怎說？」

謝自居淡淡地笑了一下，道：「吳大人很關切此事，他只給我十天時限，必要破案，否則……現在已經過了八天了。」

鐵手，冷血交換了一個眼色，心頭頗覺沉重。

謝自居又振起強顏笑道：「下官個人榮辱事小，破案事大……二位既已來了，下官已略感寬懷，這案子遲早得破，只是看遲或早而已！」

忽聽一人哈哈笑道：「君楚，那我算是來遲，還是來早了？」

「君楚」正是謝自居的號，而來者清矍優雅，臉帶正氣，五綹長髯及胸，有不怒而威之儀，卻正是知州事吳鐵翼，大步行入廳來。

六

吳鐵翼哈哈笑道：「君楚，我這倉促進來，你不見怪吧？家丁本要通報，但我一聽鐵兄冷兄也在，迫不及待，便叫他們免了俗禮，闖了進來……怎樣？我沒成了不速之客吧？」

鐵手、冷血、謝自居三人一起站了起來，習玫紅好不興高采烈的挾到一塊爆獐腿肉，正想好好咀嚼，吳鐵翼就來了，習玫紅只好不情不願的勉強站了起來。

謝自居作揖道：「吳大人光臨寒舍，有失遠迎……」

吳鐵翼一皺眉，大笑道：「只要三位無見外之意，那就得了……在公堂前，咱們各有位份，在這裡，大家是朋友，不拘俗套！」他說話間五綹黑髯飄揚，顧盼自豪，十分灑落，極有威儀。

三人點頭稱是，謝自居自讓首席給吳鐵翼坐下，並命人多備筷箸。

若論官銜，吳鐵翼自然比謝自居和俞鎭瀾要高得多了，比起鐵手和冷血，雖管轄權限不同，鐵、冷二人可以說得上是京城裡派出來的特使，但吳鐵翼乃是朝廷指派的地方父母官，也比鐵、冷二人只高不低，唯鐵手、冷血二人份位直屬於紫禁城內諸葛先生指揮，形同擁有「尙方寶劍」者可「先斬後奏」，是以有一種任何高官都不敢忽視的聲勢。

吳鐵翼一旦坐下，他身邊有兩個人，其中一個伴著他坐下，另外一個，很快的經過了大廳，像飄行一般「滑」到了窗前帷幔暗處，倚著柱子站著，不發一言。

謝自居一怔道：「那位是誰，怎不過來一起……」

吳鐵翼哈哈笑道：「那是我的朋友。」他拍拍身邊那位面白無髯的中年文士道：「這是我的師爺，人稱『黃蜂針』的霍大先生霍煮泉。」

鐵手拱手說道：「原來是霍先生，聽說吳大人手下有一文一武，文的就是霍先生……」

霍煮泉笑態可掬，一一與人招呼過後，笑道：「全仗吳大人栽培，我只會作幾首歪詩，寫幾個墨字，別無所長，諸位見笑了。」

鐵手的眼光，仍向那暗中的人望去，那人上半身全沒入帷幔的暗影中，但目光仍如觸冷電，幾乎要打一個寒噤。

吳鐵翼笑道：「我座下一文一武，文是霍先生，武是那位朋友，我有他們二人，等於千軍萬馬，足可傲視公侯！」他一面說一面大力拍在霍煮泉肩上。

冷血忽然道：「那位朋友，是吳大人的武將，不知高姓大名，過來一敘吧。」

那人絲毫不動。

吳鐵翼笑道：「我這位朋友脾氣古怪，喜歡獨來獨往，武功卻很高，他怕我有危險，硬要保護我來，他素不喜與人交往，也不想透露姓名，我們就別管他吧。」

冷血、鐵手都笑了一笑，鐵手道：「其實我們也不是第一次看見這位朋友了，卻仍是如此生疏。」

吳鐵翼剔了剔眉：「哦？你們在那裡見過？」

冷血道：「俞大人府中。」

只見那帷幔暗影中的人靜然端坐，腋下夾了一把油紙傘，好像完全沒有聽到這邊廂的對話。

冷血冷冷道：「吳大人，不管你這位朋友是誰，他都是一位高手，一位真正的高手。」說完之後，冷血再也不看那人一眼。

但他覺得背上一直有一股灼熱，就像「芒刺在背」的那種感覺，冷血從來沒有想到有人的眼神竟會這般厲烈，鐵手也有同樣的感覺。

第三回 風中的錯誤

一

吳鐵翼的話已回到正題上來了：「君楚，你負責的案子，可有什麼眉目？」

謝自居慚然道：「稟報大人……」想站起來，吳鐵翼制止道：「今晚是我私下問你，不是公事，不要顧這虛禮！」

謝自居苦笑道：「一直都沒有什麼進展。」

吳鐵翼臉色沉了沉，隔了一會才嘆道：「君楚，這案子上頭追得緊，今回咱們哥兒只敘義氣，當然不打緊……但你破案期限只剩兩天了，到時候我只怕也擔待不起。」

謝自居爽然道：「吳大人，到時候請秉公行事，謝某決無怨言，不必為難。」

吳鐵翼聽得一拍桌子，震得席上酒菜砰地一躍，道：「好，如此說來，還是我死樣活氣的枉作小人了！」

謝自居惶恐地道：「大人言重。」

吳鐵翼哈哈一笑，隨即問冷血、鐵手：「二位既已來了，對此事必不作壁上觀了？」

鐵手卻一直以眼尾掃瞄那人的腰下，似沒聽到，冷血答：「盡力而為。」

「那我就放心了！」吳鐵翼又問：「不知三位下一步驟打算如何進行？」

冷血沉吟了一下，道：「我們到出事地『大伯公塚場』看看。」

謝自居道：「該處我已查過七、八次了，都沒有收獲。」

冷血問：「可有新翻掘過的墓塚？」

謝自居道：「凡有可疑處，都跟俞大人一起掘土翻查過了，卻一點結果也沒有。」

冷血道：「哦。」

鐵手這才回過頭來，道：「也許，該查一查墓碑——郭捕頭是抱著塊墓碑死的。」

吳鐵翼想了想，道：「一切都要靠你們了，如果要用到人，儘管吩咐一聲。」

鐵手笑道：「大人手握兵符，不請大人又請誰？」

吳鐵翼哈哈一笑，舉杯大聲道：「今宵酒菜香濃，談這些掃興的話作甚？來來來，咱們吃喝再說！」

眾人紛陪而舉杯。習玫紅鼓著腮幫子卻道：「又是你先談起的，有菜有肉，不據案大嚼，來論公事，現在要人不要談，都是你！」

冷血低叱一聲：「三小姐，不可無禮。」但神情並不兇惡。

鐵手笑笑，卻不出聲。

吳鐵翼愕了愕，問：「這是誰家的姑娘？」

鐵手笑道：「習家莊習三姑娘。」

吳鐵翼畢竟是豪爽之人，呵呵笑了起來：「這都是我的不是，擾攪了三姑娘的清興，這一杯我敬妳，當是我的賠禮。」

習玫紅眼睛滴溜溜地搖了搖頭。

吳鐵翼怔然道：「怎麼了？」

習玫紅道：「我不會喝酒。」

吳鐵翼以手拍額，作恍然狀，笑道：「我這是老糊塗了，怎麼逼迫起姑娘家喝起酒來呢？真是！」

霍煮泉立即笑道：「這樣吧，物以類聚，人以群分，今晚難得群英並集，不如即景作一詩詞，誰輸誰罰酒，如何？」

吳鐵翼撫掌道：「好極。」他拍著霍煮泉的肩膀道：「我這位文膽，精詩擅詞，可不是浪得虛名的唷！」

霍煮泉骨溜著眼睛斜乜了習玫紅一眼，向大家笑道：「如何？就這樣吧。聽說鐵兄博學多文，文武雙全，在下若有貽笑大方之處，還請鐵兄糾正。」忽又想起還有一個冷血，忙道：「當然，冷兄年紀輕輕，文才也好，不得了，太難得了。」

冷血淡淡地說道：「我從來沒作過詩詞。」

霍煮泉道：「冷兄太客氣了，依我看……謝大人文名叮噹，不如先來即興一首吧？」

謝自居欠身說道：「我哪有霍先生之才？信心姿肆，貽笑天下，獻醜不如藏拙，還是應該先請才大如海的霍先生引個頭吧。」

霍煮泉哈哈笑了起來，瞇著眼睛不住往習玫紅身上打量，道：「那我就拋磚引玉，就正於方家大雅了……」

復又搖頭擺腦吟道：「燈明酒如鏡，弄蟾光作影，影下芙蓉帳，含顰解羅裙……」他一面吟誦，一面斜睨習玫紅，臉泛微紅，似未飲自醉。

吳鐵翼拍桌大笑道：「好！好詩，好詩……」

習玫紅忽道：「霍先生。」

霍煮泉湊近了腦袋，陶陶然地笑著，問：「什麼事？」聲音甚是溫柔。

習玫紅道：「你剛才搓手頓足，長吁短嘆，神情哀切的，在做什麼呀？」

霍煮泉一愣，答：「我……我是在作詩。」

習玫紅故作不解道：「詩？就是那些明明是愛是恨卻偏要拐個彎兒說了一大堆風花雪月無聊的句子啊？那算是什麼玩意？」

霍煮泉紫漲了臉，一時說不出話來。

冷血道：「剛才霍先生吟的倒不是纏綿愛恨的情詩，而是騷媚入骨的艷詞。」

霍煮泉連忙否認，分辯道：「我這那裡是艷詞……」

習玫紅卻有理沒理的裁斷他的話，嗔叱：「霍先生，你這樣實在有失斯文，還敢賊忒嘻嘻的往我瞧，我看你挺不順眼的，信不信我老大耳括子打你？」

說著揚起了手，霍煮泉忙不迭地一縮頭，習玫紅噗嗤地笑出了聲，又把嘴兒一噘，道：「算了，本姑娘也不與你這種人計較。」說著，手指在臉上一刮，加了一句：「看你羞不羞？」

這一番鬧下來，眾人也無心機吟詩作對了。霍煮泉詩酒風流半生，沒想到這次給一個小丫頭唇槍舌劍丟了眼，失了面子，氣得再也不能言笑自若了。

吳鐵翼卻哈哈豪笑道：「好，好，小姑娘鶯啼燕叱，挫了我這個自負才調的軍師，俏皮可喜，來，讓我敬妳一杯——妳不必喝，我乾就好！」

眾人見吳鐵翼氣度甚寬，手下軍師被人詰難，卻全不放在心上，不覺心下憬然。鐵手也舉杯說道：「在下陪大人盡這一杯。」

謝自居也道：「我也敬大人。」

鐵手一杯乾盡，即道：「我們還有事待辦，就此告辭了。」

吳鐵翼也不多留，說道：「好，二位任事不懈，不預繁劇的無謂酬酢，可居天下楷模，去吧。」

鐵手、冷血、習玫紅向吳鐵翼、謝自居告辭，霍煮泉正要客套回幾句，挽回顏面，習玫紅卻柳眉雙豎，兇狠狠的跟他說一句：「以後別再作那些拐彎抹角不痛不快但又出口無狀的詩呀詞呀的了。」

霍煮泉不敢跟她放對，只好去跟鐵手招呼。

鐵手的注意力仍在帷幔暗影後那人的下盤。

那人仍淵停嶽峙，端然未動。

冷血突然生起一種感覺，這樣的一個人，天生就是他的剋星，不知在那一世代結下了冤仇，要在今天今世來結算。

一步出都督府，冷血和鐵手都感覺到猶如卸下背負千鈞重擔，但是心裡同時又肯定，在未來的日子裡，難免還是要跟那個挾傘在暗影中的人對決。

爲什麼會有這種感覺？

鐵手和冷血也答不上來。

二

「好，下一個地方我們要去那裡？」習玫紅一副要隨他們闖蕩千里的神情問。

鐵手搖頭。

「我們去，妳不要去。」

「不，你們要去那裡，那我就跟去那裡。」

「那地方妳去不得的。」冷血很認真地道。

習玫紅當然不服氣：「天下有什麼地方你們去得我就去不得的？」

其實，「天下間」這種「地方」多的是，不過她這個問題鐵手和冷血都答不上來。

「妳知道我們現在要到什麼地方去嗎？」鐵手問她。

「什麼地方？」

「塚場。」

習玫紅悄悄地看了看附近漆黑的夜色，聲音有點發澀道：「但那也沒什麼了不起。」

「好啊，那我們就一起去吧，妳一定要一起去哦。」鐵手一副興致勃勃地道：「我們到那地方去，用十隻手指把亂塚裡的黃土一把一把的挖上來（習玫紅這時正在看她春蔥也似的十指），然後把黑烏烏裡給野狼拖出來嚼啃的屍體一腳踢到旁邊去（習玫紅這時正在看她的褲襖青鞋和鞋頭上紮的一朵小小海棠花），再用雙臂把棺材蓋用力掀上來——」

習玫紅這時「呀」了一聲。

鐵手問：「妳怎麼了？」

習玫紅撫額道：「我吃得太多了，有點兒不舒服，本來我是一定要去的，現在只好讓你們先去吧。」

鐵手問：「妳會不會跟著來？」

習玫紅道：「只要我頭痛一好，一定會來的……我大多數會跟去的。」

鐵手道：「所以只有少數不跟去？」

習玫紅心裡還在發毛，「嗯。」

鐵手向冷血道：「那我們就可以放心去了。」

冷血搖了搖頭，向習玫紅道：「那妳呢？」

習玫紅忙不迭地道：「我暫時不去了，我不去了。」

冷血道：「那我們先送妳回莊。」

習玫紅想了一想，道：「去了塚場……那裡後，你們會不會回莊？」

冷血望向鐵手，鐵手道：「不會，吳知州事給謝大人沒多少期限，我想我們查案的情形還是不要影響妳二哥的情緒較好——他現在的情緒極不安定（習家莊現任莊主習秋崖因被逼弒兄而致精神恍惚，詳情見《碎夢刀》一文）——我們還是不要打擾他的好。」

習玫紅眨動著長長的睫毛道：「你們會到那裡去？」

鐵手道：「郭竹瘦的家。我想查看郭捕頭的遺物。」

習玫紅道：「那我會在那兒等你們。」冷血剛想說話，習玫紅斜掠雲鬢，堅決地道：「我在那裡等你們回來。」

冷血把要說的話，化爲一聲輕嘆。

「那我們先送妳過去。」

他望向鐵手，像等待他的同意。鐵手笑了：「我不送，你送。」

月黑風高之夜，卻是意短情長之時。

鐵手不僅是個聰明人，而且是個好心人。

第三部　採花賊

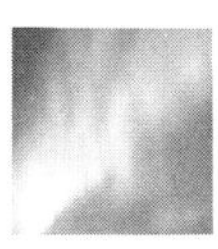

第一回　千花蝴蝶霍玉匙

一

冷血經過有悽涼美麗漁火寂寞篝火的河岸，迎著風，送習玫紅到郭竹瘦的住所，把打著呵欠惺忪中的郭竹瘦搖醒了之後，他才離開。

在他而言，一生人中，這一次「輕功」最輕，也最得意。

因爲他幾乎是「乘風而來，御風而去」的，整個人都似浮在風中。

風中有習玫紅雲鬢的淡淡香氣，風中有習玫紅亮若晨星的眸光，風中有習玫紅燦若花開的笑靨……

風中她的身旁，還有一個他！

雖然他其實完全沒有施展過輕功。

把習玫紅送到郭竹瘦家裡，他自然放心，唯一不放心的是郭竹瘦傻戇戇的，只怕不會招呼這位三小姐。

但他也不敢多留。

他身上還有責任未了。

鐵手還在等他。

他當然知道鐵手會等下去，但冷血從不讓兄弟朋友等他，這一次已經是例外。

所以不讓鐵手多等。

當他離開郭家的時候，心中有一種奇特的感受，他以爲那是依依之情，便長吸一口氣，昂然走了開去。

——大事未了，不能被情牽絆。

故此他沒有多耽，在習玫紅癡癡的眸光中遠去。

可是這次他錯了，他在回頭迎風遠去的時候，已經犯上了一個無可補救的大錯。

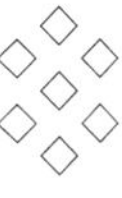

鐵手和冷血在塚堆裡足足搜了兩個時辰，除了死屍，還有一些空棺，什麼也沒發現。

天已經開始亮了。

他們心裡的疑惑卻看不見一點微光。

郭傷熊究竟在這裡發現了什麼？

難道就是發現了這些空棺？棺材本是停放死人的，但只有棺材，沒有死人，是不是有些不尋常？

死人去了那裡？

墓場裡到處都有死人，有些是因爲日曬雨淋，棺材爆裂，使屍骸露了出來；有些是因爲水沖土蝕，泥層浮起，以致肢體映現了出來；有些更因爲是野狼喪犬挖掘啃屍，骸首被拖了出來；有些甚至是因爲盜墓者挖墳，曝屍於野外……種種式式都有，這些空的棺材，會不會本來就是停放那些屍首的？

冷血和鐵手都不知道。

或者說，郭傷熊在發現秘密的夜晚，這些空棺並非空棺，而是藏了些特別的事物？

棺材裡什麼痕跡都沒有遺留，除了黃土、臭氣、白骨，有時還有一些破帛和屍水。

究竟棺材裡曾置放過什麼東西？

鐵手和冷血更答不出來。

難道秘密不在這些已經被掘出來的棺材中，而是在還被埋著的棺材裡？

想到這裡，冷血和鐵手只有苦笑，這塚場裡至少埋有一萬個從古到今的棺柩屍首，有些因泥層變陷之故，早已崩塌外露或深入土層裡，要叫他們一具一具的去發掘，只怕非要一、兩年的時間不可。就算真的挖墳開棺查明真相，鄉民又怎會任人妄動祖墳？

鐵手和冷血自然是無法解決。

但他們肯定了一件事。

如果有人在這裡埋了一些重要或不想被人發現的東西，那麼在這亂葬崗裡，埋的人也不易辨認得出來，除非是在一些特別易認的地方，或在埋藏處做了記號。真正高明的人不會把重要事物藏在特別隱蔽或特殊的地方，這正如一個聰明人不會把珍珠寶貝藏在床底櫃內一般。

而最容易辨認，又不怕混淆，更不易被人發覺的墳堆中的記號只有一個：墓碑。

三

人死了都有墓碑，正如人活著都有名字一般。

當然也有人活著連名字都沒有，這些人往往死後也沒有墓碑。

有些人死了，塚園要做得特別華麗，占地極闊，雄踞峰頭，面山臨海，墓誌銘密密麻麻，大表其人生前功德（當然爲求隱惡揚善之故，有過失而不能書），死了還要做鬼霸王。其實，經過若干年後，他的屍首早從地底下遷流到某一處無名無姓的荒墳下也難逆料。

很少人會有餘暇去逐座的讀人墓碑，而今冷血和鐵手卻連墓誌銘都不放過。

因爲他們還聽郭秋鋒說過，郭傷熊死前那一晚的轉述中顯示，除了他發現棺材的秘密外，他跟三名劍手格鬥之後，還似乎發現了另一個秘密。

墓碑的秘密。

四

墓碑是有秘密的。

可是鐵手、冷血發現不出來。

其時天已大亮。

鐵手、冷血不僅注意碑文、墓穴、塚雕，甚至也留意碑上的石質——郭傷熊抱無名碑而死，那塊石碑上嵌有叫做「閃山雲」的一種玉石。

他們更注意到有沒有不久前曾抽拔起來過的碑穴，即是查看郭傷熊所抱的石碑是不是來自此地？

結果是：沒有這種玉石，而因盜掘、水沖、泥陷等種種原因，留下的碑穴極多，不知新舊，也無法辨識。

鐵手和冷血這才明白為何謝自居所說：「凡有可疑處，都跟俞大人一起掘土稽查過了，卻一點結果也沒有。」有多大的懊喪和多深的失望。

冷血和鐵手忙了大半夜，結果什麼收獲都沒有，他們真想大聲呼喝，把地底裡的死人都喚上來為他們解答心中的疑惑。

他們當然不會真的這樣喊出聲來。

但的確有人在高呼他們的名字。

「鐵二爺！」

「冷四爺！」

五

叫他們的人喘氣咻咻，顯然是長途跋涉來找他們的。

來找他們的人是習獲。

習獲是習家莊的一名精強的壯丁，當日在鐵手、冷血第一回初到「習家莊」的時候，就是習獲率眾阻攔不給他們倆進去的人。

習獲一向都是「習家莊」中精明而又忠心的手下。

「習家莊」離「大伯公塚場」並不太遠，以習獲的武功，當然不至於如此喘氣如牛，除非是遇上相當緊急的事，習獲是全力奔馳而來的。

鐵手、冷血一念及此，立刻迎了上去。

習獲牛喘著，從氣縫裡擠出聲音來：「……不不不……不好了……有採花盜……偷偷入……偷入習家莊……擄了小珍姑娘……」

他下面一個「娘」字未說出口，鐵手已一把抓住他的手臂，厲聲問：「小珍姑娘怎樣了？」

習獲殺豬也似的慘叫起來：「好痛啊！」這三個字倒是喊得一氣呵成。

鐵手這才恍然醒覺放了手，迫急地問：「快說！」

習獲結結巴巴地道：「採採……採花盜進……進了來，抓抓了小珍姑姑姑——娘，但是給給給……」

「給什麼鬼？」鐵手急得似被薪火煎熬一般。

習獲一急起來，搔耳摸頭，才說得出話來：「給給給……給莊主發覺了，纏……纏住那採採採花盜，在國安閣打打打，不，對……對峙了起起起……」

「現在怎樣了？」鐵手一喝。

習獲給這一喝，倒是說出了一句完整的話。「還在莊裡僵持著。」

習家莊自從「碎夢刀」事件後，四大高手包括莊主習笑風，大總管唐失驚，二管家習英鳴，三管事習良晤全死了，「習家莊」人材凋零，習玫紅偏又不在，只有一個神志恍惚的習秋崖主持大局，若有高手趁隙而入，習家莊確難抵擋的。

習獲兀自道：「二位……快快快去，遲了就……就完蛋大吉了。」但是他在艱辛地說著這段話的時候，鐵手和冷血，早已不見了。

六

鐵手和冷血是衝入習家莊的。

習家莊在門外的護衛，只來得及看到兩團龍捲風也似的魅影，連喝問也來不及，人影已掠入莊內。

亦因這一點，鐵手和冷血心裡倍感習家莊已沒有人材，連防守的力量都不足以應付。

——小珍怎麼了？

就在他倆這麼想的時候，恰好有人在厲聲呼道：「淫賊，滾下來！你放下小珍，我不爲難你，你要什麼，我都給你！」這聲音如此悽厲，彷彿有人要割他的胸膛把他的心掏出來一般。

只聽一個陰陽怪氣的聲音回道：「你家有錢，錢我可見得多了，誰稀罕？這樣美得可以揉出水來的姑娘，我倒是第一次見到，你叫你那干庸材退出去吧，我只要用一會兒，就還給你，保管死不了！」

反聽那厲呼聲吼道：「霍玉匙，你這個萬惡淫賊，我宰了你，我宰了你。」

那輕薄的聲音卻怪笑道：「人人都是這樣罵我，也不想點新鮮點子，我說哪，習少莊主放著這樣一個美人兒，何嘗不圖沾染？又何必如此假正經，做戲罷啦！」

只聽一聲厲嘯，這聲音憤怒已極。

那輕浮的聲音突然一緊。

「你再行前一步，這滴水也似的人兒，就是死美人了。」

習少莊主會不會甘冒奇險走上前走，連他自己也無法得知，因爲一隻有力的手已搭住了他的肩膊。

「二公子，讓我們來。」

那是冷血的手。

習秋崖幾乎哭出聲來，他一直支撐到現在，各種情切與心焦，幾乎已使他崩潰了。

七

習二莊主習秋崖和一群習家子弟，全在正廳後長巷對開的屋簷、窗檽、走道上伏匱著，對面閣樓亮窗上有一個人，正探頭下望。

這個人臉白得像塗了一層粉，鼻樑歪斜露骨，刀眉俊秀，滿臉笑容。

以情勢看來，習家莊的人正與那採花盜在閣樓上下對峙，小珍仍在他手上。

鐵手疾快地低聲問了一句：「這狗賊叫什麼名字？」

習秋崖近乎呻吟地道：「『千花蝴蝶』霍玉匙。」

鐵手仰首揭聲叫道：「霍玉匙。」

那白面人笑嘻嘻地說道：「我看見你們又增援二人了，哦，看來還是捕頭老大哩。」

鐵手大聲道：「我們習家莊奈不了你何，你走吧，我們不攔阻你。」

霍玉匙倒是一怔，隨即怪笑道：「你們倒算知機，但是，這美人兒我要帶走，用過了就還，你叫你家莊主看開點吧。」

習秋崖怒吼道：「狗賊——！」

鐵手截道：「好，女的你帶走，我們不追究！」他一開口說話，習秋崖只覺一股聲浪逼來，使他下面已經啓口的話，竟發不出聲音來。

霍玉匙又呆了一呆，陡地笑了起來：「有這樣好的交易麼？哦，我知道了，你們是從衙裡來的——」

他輕笑兩聲又道：「我走也可以，但你們要先退開，我可居高臨下，望得一清二楚，騙不了的。」

鐵手沉聲道：「退開也行，但有兩個條件。」

霍玉匙笑了起來：「果然是有條件的，我少爺往顧此地，這彩頭是拔定了，有什麼條件快說吧，免得少爺我心癢骨軟，就地解決！」

習秋崖厲叱道：「你這個豬狗不如——」下面的話又給鐵手迫了回去。

「第一，你出去後，此事爲習家莊聲譽，不能外傳。」

霍玉匙楞了一楞，笑著說：「習家莊若成全我這一件美事，叫我做奴做僕三年五載也願意，這姑娘實在太美了，我明知習家莊龍潭虎穴也來了，本就沒有活出去的心，要我不張揚，容易至極，你放心，這決不會有損習家清譽。」

他隨後又補充一句道：「大丈夫言而有信，閒話一句。」

此人在此情此景，居然自詡豪氣，以大丈夫自居，也算罕見罕聞。

霍玉匙又問：「第二個條件是什麼？」顯然是見習家莊有意放人，態度也不那麼囂狂了。

鐵手忽罵道：「霍玉匙，你是真不懂，還是假不懂？」

霍玉瓹倒是給他罵得楞了一楞，道：「什麼懂不懂？」

鐵手冷笑道：「枉你還是出來江湖上混的，你要給就給，大爺我可不貪圖，夜長夢多算你自己晦氣！」

霍玉瓹恍然道：「你是要錢。」

鐵手繃著臉回答道：「有錢能使鬼推車。」

霍玉瓹忙道：「我給，我給……我還以爲是什麼，要錢，霍少爺我有的是。」

鐵手冷冷道：「多說無益，拿來！」

霍玉瓹問：「多少？」

鐵手道：「我手足要花要用，要他們喝掩嘴酒，少說要兩百兩銀子。」

霍玉瓹道：「也不算獅子大開口。」

但臉有難色，道：「我手上沒有現銀。先賖著，我回去保管一兩少不了，還多你五十兩。」

鐵手瞪目道：「姓霍的，你當大爺我是三歲小孩，任你指點？」

霍玉瓹怒道：「我霍大少是寶貴王孫，怎會食言而肥，自墮威名？」

鐵手板起了臉孔道：「你這種瞎充字號的也談威名？好吧，不給，拉倒！夥計們——」

霍玉匙急道：「好，好，我給，我現在就給……大同府銀票你要不要？我有幾張……湊合起來有一百五十兩銀子……如果我身上攜著銀子出來飛簷走壁的，我早就不是採花來著，而是俠盜賑濟貧民了！」

鐵手稍微沉吟了一下，道：「也罷，少一點兒，算我倒貼，銀票你扔不過來的，我上來拿吧！」

霍玉匙喜道：「老哥你就將就將就，日後忘不了你的好處……至少要請你那干弟兄行個方便退遠點兒，少爺我身邊擺著個小美人兒，實在心癢難搔，一分一刻無法延挨……」

鐵手冷笑一聲，正欲掠上。

霍玉匙突喝道：「慢！」

第二回　霍煮泉的笑容

一

鐵手陡然頓住，心中不禁發出一聲暗嘆：「又怎麼？」

霍玉匙道：「你若過來，驀然出手，我怎麼辦？」

鐵手怔了一怔，冷笑道：「採花盜就是採花盜，忒煞沒膽？還大剌剌的充什麼狗熊！」

霍玉匙也不生氣：「你還是別過來，我扔給你。」

鐵手即道：「要是銀兩，你還扔得過來，銀票不受力，你拋不過來的。」

霍玉匙嘻嘻一笑：「我自有辦法。」只見他把頭縮進去，窸窣一陣，這一陣不過是片刻的功夫，鐵手已有七次想不顧一切，衝入閣樓去營救小珍，但他終沒有那樣做。

那是因爲如果他真的衝進去，小珍的生死，仍捏在那人的手中，對小珍的安危來說，只有百般的不利。

鐵手強忍了下來，由於他心裡已焦切到了沸點，所以他要抓緊了拳頭，不住的用拳頭拳擊自己的腿骨才按捺得住。

臨危處險，若不能鎮定如恒，情形只有更糟。

不一會，霍玉匙又笑嘻嘻的探出頭來，一揚手，邊叫：「接著！」

一道尖嘯，急打鐵手左肩。

鐵手也不迴避，一揚手，就把那事物接住，那是一枚沒羽飛蝗石，石上捲包了幾張銀票，鐵手一張一張的揚開來，端詳半天。

銀票紙薄不受力，霍玉匙是採花賊，採花賊多半精於用毒、輕功和暗器，弱於內力、定力與拳腳，這也是他們個性所致，擅於暗算但不肯下苦功練武之故，霍玉匙將幾張銀票繫捲在飛蝗石，自然能擲遠了。

霍玉匙笑嘻嘻地道：「怎樣？總共有一百六十幾兩哩……便宜你們了！」

鐵手猛抬頭，怒叱：「你奶奶的，騙起老子來了。」

霍玉匙一愣，道：「什麼？」

鐵手一揚手中六張銀票，怒罵：「不成器的傢伙，以你道行，想騙我還差得遠哩！五張是真的，有一張聯號不清，印符也不對鑒！」

霍玉匙怔怔地道：「怎會？不會的，不會的……」

鐵手冷哼一聲道：「偏是這張值八十兩銀子……你要不信，自己拿去瞧瞧！」

霍玉匙呆了一呆，道：「好。」

鐵手深吸了一口氣，將那張銀票捲在那塊沒羽飛蝗石上，拋了回去。

那片飛蝗石的速度，卻並不太快，所以霍玉匙一面揚手去接，一面還來得及說：「不可能的，我霍大少的銀票，沒有不能會鈔的。」他下面似乎還想說些什麼，但他已不能說下去。

因爲他已接著了那枚捲裹著銀票的飛蝗石。

鐵手扔出來的飛蝗石！

二

那枚飛蝗石，沒有夾帶著呼嘯，甚至沒有什麼風聲，而且去勢甚緩。

但霍玉匙接在手上，猶如一百個人一齊拿著一根大棍子擊在他手心之中一般，他怪叫一聲，向後跌飛了出去！

就在這一剎那間，他原本搭在小珍肩上的手，也緊了一緊。

可是這下突如其來，霍玉匙全無準備，身形已被那股無形大力撞得翻跌出去，他的五指只來得及「嘶」地一聲，撕下了小珍身上一片衣服！

他大叫向後跌去。

他落地時即聽到他接飛蝗石的手臂發出的骨折聲。

他尖呼著滾了起來。

他畢竟是一個極端聰明的人，雖然還未弄清楚發生什麼一回事，但他知道應該立刻挾持小珍！

他向小珍滾了過去。

他的滾勢快極，如果不是那人早已搶到梯間，一個箭步竄上來，擋在他和小珍之間的話，任何人都來不及在他重新抓住小珍之前靠近他。

可是那個人已經攔在小珍身前。

霍玉匙尖嘯一聲，沖天拔起，正圖破瓦而出！

「錚」地一聲，他的頭頂就要撞中瓦面之際，一柄劍尖，已點在他的眉心間！

霍玉匙甚至可以感覺到劍尖的寒氣。

霍玉匙心沉人沉，人也向下疾沉了下去！

只是人沉劍沉，霍玉匙足尖甫沾閣樓地板，劍尖又到了他的眉心穴上！

霍玉匙只覺眉心的毛孔全都因劍光寒意沁得倒豎了起來。

霍玉匙嘴裡發出一聲怪叫，人卻絲毫未停，向後疾衝而出。

他的輕功可謂極高，腳尖甫踮地而腳跟未落實，即飛退七尺，但他退得快，劍光卻追得更快！

他七尺一挪而過，正想換一口氣，但那柄劍尖已抵在他眉心之間上！

霍玉匙呆了一呆，他此際的驚愕，尤甚於一切，他還未曾想到自己的處境，但卻震愕於對手的武功！

這如蛆附骨的劍影！

附在飛石上的可怕內力！

這兩人究竟是誰？

三

「我叫冷血！」那個劍尖頂著他眉間的青年冷冷的說道：「剛才跟你討價還價的那個人，叫做鐵手，你被捕了，逃不掉的。」

霍玉匙如一隻被戳穿的氣袋，張大了口卻洩盡了氣。鐵手和冷血，竟是這兩個煞星！

自己竟會惹上了這兩個黑道上人人無不頭痛避之不迭的兩大名捕。

鐵手這時已解去小珍的穴道。

他以渾厚的內力，蘊於石片上，震倒了霍玉匙，而正在他與霍玉匙對話之際，冷血已偷偷掩至閣樓上，只是霍玉匙一直貼近小珍，冷血苦無出手之機罷了！

鐵手很放心。

因爲冷血的快劍從不會令朋友失望。

鐵手看見小珍清秀的臉龐垂下了幾絲髮，雲鬢有些凌亂，臉色蒼白，徐徐站了起來，鐵手不由得一股怒氣上衝，恨不得揪住霍玉匙揍上十拳八拳才能甘心。

鐵手任捕快十數年，對付過無數大奸大惡之徒，卻從未似今天生了動私刑之恨意。

鐵手強忍心中怒氣，柔聲向小珍道：「妳受驚了。」

小珍匆匆望了他一眼，在這匆匆一眼裡，鐵手瞥見她星眸含淚。

鐵手不禁一陣心痛，好像一股麻索，不住的在他心裡搓絞似的。

小珍只瞥了他一眼，就恨恨的看向霍玉匙：「那個賊子，那個賊子……」一面說一面移步過去，看樣子是想到霍玉匙身前去罵他。

但這樣是極危險的。

鐵手本可以制止的，他的手甫伸出去，還沒有搭到小珍的肩頭，他心裡忽然想到這樣豈不是等於抓住小珍，這樣子是極不好的。他旋又想到他與小珍初識的時候，小珍當時被習笑風迫得褫衣落江，小珍那皎潔勻美的身子……

他一念及此，手是伸出來了，卻沒敢扣下去。

冷血生恐小珍接近霍玉匙會爲其所趁，同時也沒想到鐵手會不去制止小珍，他及時回劍一攔。

他這一攔，是把小珍攔住了，但鐵手乍見小珍的身子被劍身擋住，他心裡一下子有一個衝動：不能讓兵器冒瀆了小珍，他立即閃電般伸手，握住了劍身。

鐵手可以說是江湖上翻過大風歷過大浪的人物，本來不致於生出這種連以兵器相攔阻也覺冒瀆的感覺，可是在這一刹，他卻忍不住，生怕小珍真的撞上去爲劍所傷，所以他搶先去用手握住劍身。

他號稱「鐵手」，握住了一把利劍，雖然是冷血的快劍，自然也不會有礙的。

這一來，鐵手，小珍，冷血三人一起被卡在這關口兒上。

霍玉匙是極端機伶的人，他翻身躍起，左手打出十五點星光，右手掣起一柄寒匕，左打冷血，右刃奪路而出！

冷血用空著的左手，接下十五道暗器，但已來不及攔阻霍玉匙。

霍玉匙剛躍起破櫺，忽見陽光中五彩繽紛，幻成飛花無數，降灑下來！

霍玉匙此驚非同小可，勉力以刃一格，「噹」地一聲，刃斷為二。幻彩中又斂定為一張晶光燦然的刀。這正是「習家莊」的「碎夢刀」。持刀的人便是怒忿中的習秋崖。

四

習秋崖可謂怒極恨極，一刀不中，又劈一刀。

霍玉匙在地上打滾，一滾十尺，才躲過這一刀。

習秋崖可以說是恨絕了他，又一刀砍下，霍玉匙殺豬一般的大叫起來，左股已中了一刀。

習秋崖掄刀罵道：「你這百死不足以贖其辜的傢伙！我要把你斬成九十九截——」一刀又劈了下來！

習秋崖的「碎夢刀」凌厲無比，冷血也不敢以劍去格，鐵手一個箭步，扣住了習秋崖胳臂，疾道：「二公子，這種淫賊，罪不致死，還是交回給衙裡發落！」

習秋崖忿忿地道：「這種人害了多少良家婦女，枉殺了多少人命？真該把他給天雷劈頂，萬箭穿身，叫他拚湊也還原不了！」習秋崖原本文質彬彬，忽然罵起這般惡毒的話來，可見心中有多憎恨。

習秋崖徐徐收刀，仍不甘心地罵道：「你把這種忒煞狡猾的傢伙往牢裡送，不消幾日他自然又出來作怪，哼！」冷血、鐵手聽了，不覺一愕。

習秋崖行近小珍，雙手搭在她肩上，這時，他整個語氣才柔緩了下來：「小珍，妳受苦了，那傢伙有沒有欺負你，有沒有……」

小珍盡是搖頭，也不答他。

習秋崖雙手搭在小珍肩上，一直很關懷的看著她，像要從她臉上看出她遭受到什麼損傷來。

冷血見了，忙跟鐵手道：「這淫賊，我們把他送衙了吧。」

鐵手道：「嗯。」

忽聽一人道：「不用了。」

鐵手、冷血看去，只見來人是面白無鬚，滿臉笑容的霍煮泉。

鐵手一怔，說道：「原來是霍先生駕到。」

霍煮泉道：「我以知州事大人轄下天雄府都部署的名義，把此人逮了歸案。」

鐵手道：「哦？」

霍煮泉一笑道：「因爲這淫賊，在這一帶附近不知做了多少採花案，官府早已把他繪形緝拿多時了，這次全仗鐵兄、冷兄、習莊主拿下這兔崽子結案。」

鐵手沉吟了一下，道：「既是如此，就交給霍先生了……卻不知霍先生如何得知這賊子在此處？」

霍煮泉道：「習獲先往找謝大人，才知悉你們在大伯公塚場研究案情，才趕過去通知你們的。」

鐵手又問道：「所以謝大人也通知了你？」

霍煮泉道：「鐵二爺想問的是擒拿區區一個採花盜，謝自居爲何不派屬下前來，而要小題大做，通知了我？」

鐵手道：「在下確實不解。」

霍煮泉大笑道：「原因很簡單，」他指著匍伏在地的霍玉匙道：「這丟人現眼的東西，就是我兒子。」

鐵手和冷血頗爲錯愕。

霍煮泉道：「因爲我是他老子，所以發生了這樣的醜事，我還是一定要來，把這個早已被我斥逐出門的孽畜，親自拿押牢去！」

他又哈哈笑道：「你們見我滿臉笑容，又焉知我心中羞無地容，愁無人訴！」

鐵手忙道：「常言道，世上不如意事，在所多有，令郎如此……不堪，知子莫若父，除秉公施以刑誡外，還望霍先生於以私下開導，誘至善道。」

霍煮泉嘆道：「這都是我教誨無方，這畜牲頑冥不靈，教也枉然，我得先把他下到牢裡，要他嘗嘗個十年八載鐵窗滋味，再來教他好了！」

習秋崖卻在一旁冷哼一聲。

霍煮泉嘆道：「今次的事，所幸小珍姑娘無恙，未致釀成大孽……我會把這孽子前案一併處治，就此告辭了。」

鐵手、冷血知他畢竟舐犢情深，心裡悲苦，亦不多作挽留。

這時，小珍輕輕的轉身過去，脫離了習秋崖搭住她肩膀上的手，向冷血走過去，問：「玫紅姐姐呢？」

這裡。」

冷血道：「她在郭捕頭以前居處。」

小珍一怔：「她在那兒做什麼呢？」

冷血苦笑道：「她本來是要等我們在塚場辦查案件回來的……但是我們卻來了這裡。」

小珍「哦」了一聲道：「難怪她不在了。」

她偏頭想想，又道：「要是她在，一定要打這……這賊人好幾巴掌！」

冷血心裡暗笑：若那三小姐在，何止摑那淫賊耳光而已。卻聽習秋崖仍忿然道：「那種下三濫的淫賊……也不知光嚷著要緝拿，連榜文都出了，聽說也曾把他下過牢，現在不也是一樣出來作惡！」

冷血聽在心裡，驀然一震：「他坐過牢？」

習秋崖一呆，道：「『千花蝴蝶』是這一帶有名的淫盜，聽說曾被六扇門中的高手擒獲過，這種人追到了不關到牢裡去，難道還厚加撫恤不成？」

冷血忽轉臉向鐵手，道：「霍玉匙不像坐過牢的樣子。」

鐵手當然明白他的意思。

霍玉匙年紀輕輕，犯案累累，如果被擒下獄，非十年光景不能出牢，而牢裡這等不見天日的地方，加上牢頭獄卒的恣意欺凌拷打，說什麼霍玉匙都不可能還保有今天公子哥兒的樣貌與舉止！

但是當冷血轉過臉去看鐵手的時候，鐵手的神態的確讓他吃了一驚。

鐵手沉起了臉，神情完全掉入了沉思裡。

然後他隔了良久，才問了一句話：「他叫霍玉匙？」

冷血乍聽這句話，驀地心頭一亮。

第三回　墓碑上的名字

一

冷血幾乎跳起來道：「霍玉匙？」

鐵手沉聲道：「是，我們曾見過此人的名字。」

冷血大聲道：「是在大伯公塚場？」

鐵手點道：「墓碑上的名字。」

二

大伯公塚場。

冷血和鐵手，在救小珍逃出魔掌之際，沒有去想「霍玉匙」這個名字。

只是等到小珍已獲救後，由於習秋崖的說話裡發現了破綻，鐵手和冷血才對「霍玉匙」這名字留意了起來。

他們在塚場裡看過這名字。他們在一夜之間，看過的碑文銘刻，不止一千八百，但這兩大名捕還是能想出這名字的來源！

那是很簡單的「愛子霍玉匙之塚」！

墓塚全無可疑，那是東列第十八座墓碑。

鐵手、冷血立即動手挖掘。

棺柩極大，十分華貴，是上好的柳州棺木，很是沉重。

鐵手、冷血決定開棺。

棺開。

棺裡沒有任何寶貴的事物，也沒有任何神秘的東西，棺裡只有一具死屍。

只有一具腐爛了的死屍。

三

鐵手和冷血兩人在下午的陽光下淌著汗，汗水像千百道小河般淌下頸項，流落襟內。

鐵手道：「這不是霍玉匙的屍首。」

冷血說道：「但碑上卻刻著霍玉匙的名字。」

鐵手道：「這人是個胖子，而且牙齒早已腐脫多枚，髮色灰白，這人的身段年齡，跟霍玉匙皆不吻合。」

冷血道：「所以這一座墓，是用來告訴人們：霍玉匙已經死了。」

鐵手道：「可是霍玉匙又出現了。」

冷血道：「所以這一座墓所掩飾的事實已不能掩飾。」

鐵手道：「問題是——誰替他掩飾？爲什麼要替他掩飾，說他死了？」

冷血道：「聽習莊主說，這淫賊曾被下過牢，如果確實，這賊子惡名昭彰，一定是押在大牢裡。」

鐵手霍然道：「所以，我們到大牢去查，一定可以得到消息。」

四

以鐵手和冷血的身分，要使大牢的獄官恭恭敬敬把犯人名冊拿出來審查，是件易事。獄官也斷不敢拒卻這諸葛先生手下的兩大紅人的。

經過冷血和鐵手的細察與詳詢，霍玉匙的確是曾下此牢。

而霍玉匙的案子，十分駭人，他十歲開始就犯調戲罪，十三歲以後，就強姦婢僕，至十六歲，就有了逼姦不遂而殺人的紀錄。

往後五年內，他犯下的姦淫罪名，至少有七十多宗，其中有十一宗弄出人命，當然，這還不包括沒有投報的或被殺人滅口而致沒有留下佐證痕跡的案子。

直至三年之前，官府才畫形通緝霍玉匙。

鐵手和冷血查到這裡，不禁各自發出一聲輕嘆：這人犯案十三年，才開始通緝，實在已經不知害了多少條人命，玷辱了多少女子的清白了。

霍玉匙卻是經過兩年後，才給擒獲的，當時的判決是：斬立決。

也就是說，在一年前，霍玉匙就已經惡貫滿盈死了的。

可是今日鐵手和冷血，卻親眼見他犯罪，並且親手擒住了他。

霍玉匙並沒有死。

是誰救他的？

救他的人不僅使他恢復自由，而且還企圖替他掩飾。

那麼在塚場裡的死屍，到底又是誰人呢？

冷血、鐵手打聽之下，知道此事的人都說霍玉匙的確已被處斬，屍首也被收殮。

押霍玉匙出去處斬的牢頭，已經在半年前暴斃，其餘並沒有什麼人認得霍玉匙的。

冷血、鐵手查至此處，已昭然欲揭了。

他們再翻查存案，發現負責治獄這件案子的人，正是謝自居！

五

鐵手和冷血在沒有採取任何行動之前，先去了這一帶大大小小的牢獄一遍。然後他們直接去都督府。

吳鐵翼正在午寐。

這知州事的脾氣是人所共知的，爲人十分豪邁，但午寐時是不容人騷擾的，一旦驚醒了他，以他火性兒罵起人來可是罵狗一樣，就算殺人也半點不奇。

鐵手和冷血這次來，正好在他午睡時候，所以沒有人敢去通報。

鐵手一再地道：「我們身上的是要事，無論如何，請稟知吳大人。」但誰也不敢負起這責任來，不敢請兩人進入都督府邸。

就在這時，鐵手和冷血忽然感覺到背後又有了那種「芒刺」的感覺。

冷血霍然回首。

鐵手卻沒有回頭。

他們兩人久經作戰，已心意相通，配合無間。

若有勁敵在後，不回身，自是險，但若返身的刹那時對方出手，更是大險。

所以他們一個疾然回身，一個連頭也不回。

身後果然有一個人，在一棵棗樹下。

那人身著長袍，看不清楚臉孔，手裡拿著一把油紙傘，低低的遮著他的頭。

那人高、瘦、沉默、無聲，看不清楚臉目，不知何時已來到他們的背後。

沒有回過身來的鐵手，感覺到背後似有一條野狼的窺視，回過身去的冷血，卻感覺到面對一頭猛虎的伺伏。

那人已不是第一次與冷血、鐵手相遇。

那人便是吳鐵翼口中的「朋友」。

六

沒有回頭的鐵手卻深吸了一口氣，道：「朋友。」

那傘下的人一動也不動。

鐵手道：「我們要求見吳大人。」

紙傘下的人似乎垂下頭來看著他傘下的影子。

鐵手皺了皺眉。

傘下的人仍舊沒有回應。

冷血一字一頓地說道：「我們一定要見。」

傘下的人似乎把臉抬了抬，兩人只覺二道寒光逼射過來。

鐵手就在此際霍然一回身。

傘下的人卻動了。

他向都督府的大門走進去。

鐵手和冷血互覷一眼，心裡同時有一個陡生的感覺。

他們和那傘下人彷彿相遇在一條僅容一人通過的窄橋上，除非有一方退卻，否則，就得有人被逼落洪流裡去。

誰退？

不一會，有人出來，迎入鐵手、冷血，他們方才坐下，吳鐵翼就已經黑著鍋底一般的臉孔，走了出來，而背後十尺之外是那個無聲無息的持傘人。

縱是室內，那持傘的人依然沒有收傘，所以仍然看不清楚他的臉目。

吳鐵翼沉著臉也沉著嗓子道：「兩位，這樣急著找我，有何貴幹？」誰都可以看得出他已是極力壓抑著自己的脾氣。

鐵手只說了一句：「這件事，事關吳大人手上兩大紅人之一，我們是來請示大人，否則的話，就先拿了人再說了。」

吳鐵翼一聽，就知道事態嚴重，專注的把事情聽完，臉色一陣黃，一陣綠，鐵手最後補充道：「我們把霍玉匙交給霍先生，但已在大大小小牢獄詳查過，霍先生並沒有把霍玉匙收押，以霍玉匙這等下流胚子，怎可不經審判即行釋放？這件事無論怎樣霍先生都一定得給交待。」

吳鐵翼臉上陰晴不定頃刻，終於一掌拍在桌上，怒罵：「我吳某聘賢選佐，霍二竟背著我作出這等公私不分的事件來！要不是二位治事精密，明察秋毫，我倒真給這廝瞞騙過去了！」

只聽他怒叫道：「來人！速把霍二請出來！」

隨後對鐵手冷血道：「二位苦心密意，顧全吳某面子，但吳某向來一是一，二是二，決不徇私。」

半晌霍煮泉果然匆匆步出，他的眼光一瞥見鐵手、冷血二人也在場，不禁怔了一怔。

吳鐵翼劈頭第一句就問他：「你兒子呢？」

霍煮泉臉上呈露惶恐之色，「大人……知道我那孽障的事了？」

吳鐵翼怒道：「現在是我問你，還是你問我？」

霍煮泉惶然道：「屬下已將犬子下在獄中了。」

吳鐵翼冷笑道：「那一座獄？」

霍煮泉似沒料吳鐵翼有此一問，楞了一下，即答：「府獄。」

吳鐵翼轉頭望鐵手，鐵手長身而道：「霍先生，這兒大大小小的牢獄我都查過了，並無霍玉匙其人。」

霍煮泉臉如土色，喃喃地道：「奇怪？難道又越獄了？」

吳鐵翼大聲喝道：「煮泉，你別裝蒜了！」

霍煮泉的身子簌簌地顫抖了起來：「大人……」

鐵手忽道：「霍先生，一年前令郎被逮，下在大牢，坐罪問斬，爲何如今還活著，是不是你玩弄權謀，救了令郎斬了另一個獄中的無辜？」

霍煮泉愕然變色，一時說不出話來。

吳鐵翼搖頭長嘆，說道：「煮泉，我待你不薄，你也敢欺蒙我？是欺我老朽昏庸麼？」

霍煮泉惴惴然道：「他……他是我的兒子啊！」

吳鐵翼頭髮蝟張，怒道：「你兒子又怎樣？把大事小事混淆一起，要大伙兒都禍亡無日麼？」

霍煮泉聽了，驟然一震，這時望回吳鐵翼的眼神，是十分駭怖的。

吳鐵翼冷冷地加了一句：「霍煮泉，是你不知自愛，怨不得我！」

霍煮泉聽了這句話，忽然全身震顫了起來，並向鐵手、冷血這邊看來，紫漲了面皮，嘴唇一直在抖著，看似想說什麼。

就在這時，一道急風，倏忽搶到！

霍煮泉武功也頗爲不弱，怪叫一聲，斜飛七尺，定睛一看，登時睚眥欲裂！

向他飛撲過來的確是一個人。

但那個人撲了一個空，立即直挺挺趴在地上。

霍煮泉大叫一聲，其聲悽厲，奔竄了過去，翻過那人一看，赫然就是其子霍玉匙。

霍玉匙的額骨全碎，似被重物挾破所致。

霍煮泉本把霍玉匙藏在都督府那裡，本來也唯有此處才是最安全的，無人膽敢搜索，但不知在什麼時候，大概就是鐵手向吳鐵翼陳明真相而再向霍煮泉逼問之際，那傘下人已經不見了。

他再出現大廳的時候，是霍玉匙給拋出來之後。

這人直似幽魂一般，毫無半點聲息。

七

霍煮泉哀呼欲絕。

鐵手道：「這……」他本想說就算霍玉匙罪當問斬，似也不該就地誅殺，但他遂即想到江湖上動起手來，有個什麼差池，那還顧得了生不生擒，自己等辦案時也常無法活捉對方，有時只好殺了再說，何況，霍玉匙也確是惡貫滿盈之輩。

就算他本來想把話說下去，但也已經說不下去了。

因爲霍煮泉就在此時發出一聲尖嘯！

尖嘯的同時，霍煮泉十指箕張，陡地飛身撲起，插向吳鐵翼的門頂與咽喉！

看他臉上抽搐的肌肉，活像要把吳鐵翼撕成碎片才能甘心一般的。

吳鐵翼並沒有退避。

他望向霍煮泉的神情，就像一個人在他老友靈柩前上香一般惜哀之意。

就在霍煮泉雙爪離吳鐵翼要害僅有一尺的刹那，鐵手、冷血，忽覺耳際生風。

當他們感覺到風聲颯然的瞬間，人影已自他們的身邊閃了出去，一把雨傘，罩住了霍煮泉。

只聽霍煮泉發出了一聲徹骨蝕心的慘叫。

傘影褪去。

霍煮泉捂著心口，一晃，再晃，眼珠凸露，捂心仆倒，一命歸西。

在傘影罩著霍煮泉的剎那，鐵手、冷血看見了那個人。

但那個人頭頂上仍戴著竹笠，竹笠低垂，只略可瞥見他尖削蒼黃的下顎，卻看不見那人的面目。

八

吳鐵翼嘆了一口氣，問：「死了？」

那人竹笠微微一沉，算是點頭，「霍」地一聲，又把油紙傘遮撐了起來，人又回到暗影之中。

吳鐵翼喟嘆了一聲，向鐵手、冷血苦笑道：「我重聘霍先生回來，沒想到他多行不義，致令我不得不……我心情不好，這件案子也總算了結，你們回去吧。」

鐵手和冷血心裡忽然升起一種不妥的感覺，但究竟是什麼地方不妥，爲什麼不妥，卻又說不上來。

鐵手、冷血唯有告退。

告退的時候，冷血瞪著雨傘黯影下的人影，他腰畔的劍尖，也發出一種蚊翼顫動般的微響。

冷血每一次與人交手，大都是用劍，他的劍成爲他精神氣魄，所以當他遇到大敵時，劍尖會發出一種自然但低微的嗡動聲來，彷彿告訴他：他遲早免不了會與那傘下人一戰似的。

可是那傘下的人，好像陶瓷泥塑一般，一動也不動。

冷血深吸了一口氣，斂定精神，正欲告退，卻瞥見鐵手也正注視著那傘下人，而且是目不轉睛的盯著傘下人的腳。

腳有什麼好看？

第四回　誰下的毒手？

一

冷血和鐵手離開都督府的時候，有一段長長的路，一直沒有交談。

然後，冷血忽然道：「採花大盜霍玉匙死了。」

鐵手好像瞭解他還要接下去道：「縱容霍玉匙殺人頂罪的霍煮泉也死了。」

冷血道：「這件案看來已結束了。」

鐵手道：「但郭捕頭的案子仍沒有著落。」

冷血眼睛閃著亮光：「有。」

鐵手道：「你說。」

冷血道：「郭秋鋒曾告訴過我們，在郭捕頭轉述當時情景時，一共有兩個發現，一個是發現棺中的秘密……」

鐵手接道：「一個是墓碑的秘密。」

冷血道：「我們先來一個假設。」

鐵手道：「你是不是想假設郭捕頭發現的第二項『秘密』，就是那塊霍玉匙的墓碑？」

冷血呆了一呆，道：「是。」

鐵手說了下去：「如果郭捕頭會認爲發現霍玉匙的墓碑是一項秘密，那麼郭捕頭多多少少跟霍玉匙的案子有關係。」

冷血道：「但是，我們查過郭捕頭手中承辦的十四宗案件中，並沒有霍玉匙這一宗！」

兩人沉默了一會兒，鐵手幾乎跳起來說道：「四師弟，你記得張大樹曾說了一句什麼話？」

冷血怔了一怔，鐵手大聲道：「張大樹曾經說過，郭捕頭手上接辦的案子就他記憶中有逆兒弒父案，拐帶少女案，連環姦殺案，強盜殺人案！」

冷血眼睛也亮了，「但是，我們在謝自居所存的檔案裡，並沒有發現連環姦殺案這一宗！」

鐵手說道：「除非是張大樹記錯，否則——」

冷血的眼睛更亮了，「斷不可能也絕不可能，因爲張大樹是常酗酒的人，而且辦案積年，早已麻木，如果不是特別駭人的案子，他是不可能記住的。」

鐵手頷首道：「以張大樹的爲人，既沒理由撒謊，更不可能多記這一宗。」

冷血興奮地道：「所以謝自居給我們詳細的檔案，是經過抽掉的，對案情全然一無所用的。」

鐵手道：「對方能抽掉一件檔案，當然也能抽掉第二件，我們原本一開始就著手調查郭捕頭所承辦的案件，方向是正確的，但卻走了冤枉路。」

冷血忍不住道：「而謝自居是審判霍玉匙案的人。」

鐵手道：「沒有了檔案，我們可到衙役扣押犯人名冊裡查，總會有結果的。」

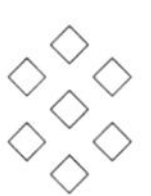

是有結果。

霍玉匙的確被人逮捕歸案時，曾在此畫押簽符。

逮捕他的人正是「一陣風」郭傷熊大捕頭！

二

郭傷熊曾經把極難對付而且也無人敢對付的「千花蝴蝶」霍玉匙逮獲，下到牢裡，被謝自居決獄後處斬。

只是霍煮泉位居顯要，播弄權謀，處斬的是別人，擅放的是他的兒子。

可是霍玉匙出來之後，只銷聲匿跡了一小段時候，又出來作案，郭傷熊曾親手逮捕過這人，自然對他作案手法瞭如指掌，心中對霍玉匙之死早生懷疑，等到在塚場中乍見霍玉匙墓碑，更使他聯想起霍玉匙得脫是霍煮泉的安排掩飾，是以他本是要採取行動首告霍煮泉。

可惜他卻不幸被殺。

若霍玉匙沒有再出來作案，而且竟揀上習家莊劫持小珍，也不會惹得鐵手、冷血、習秋崖把他擒下，此案也不致被破獲了。

墓碑的秘密如果是這樣，那麼，棺中的秘密又如何？

鐵手和冷血立刻有了決定，去問謝自居——那些錯誤的檔案，都是謝自居給他們的！

三

鐵手和冷血趕到巡府，但卻不見謝自居。

鐵手即刻抓了一個人來問——這個人是個役總，姓輔，人人叫他做「老輔」，統七、八十個衙役，平日威風凜凜，但一見鐵手和冷血，立刻滿臉堆笑——以「四大名捕」的威望，無論什麼人都要忌憚三分的。

老輔道：「謝大人怒氣沖沖的騎馬一個人走了。」

鐵手問：「去那裡？」

老輔道：「大概到衙府去了。」

他補充又道：「大人生那麼大的脾氣，我還是第一次見到。」

鐵手詫問：「你可知謝大人因何事氣憤？」

老輔搔搔後腦勺子，道：「我也不知道，只是，我從白沙鎮綠水坊回來稟報大人那消息後，他就鐵青著臉，問我知不知道俞大人在不在衙府，我說今午要升堂審案，九成在的，謝大人搖手截斷我的話，吩咐我備馬，這就……」

鐵手即問：「你向謝大人稟告了什麼消息？」

老輔愕然了一下，道：「是『富貴之家』一門之十二口血案的事呀！」

鐵手一怔道：「『富貴之家』？」

「富貴之家」是侈糜富裕的世家，人傳富可敵國，但這一家人大多是練家子，其中有十數人在武林中還享有盛名，如今忽然教人鏟平，不由得令鐵手和冷血心裡微微一愣，心中忽然生了一種「似曾相識」的奇異感覺。

老輔見二人微有錯愕之色，便問道：「二位大爺不知『富貴之家』的血案麼？這血案在半個月前發生，『富貴之家』無一生還，所有的金銀珠寶都給人盜個精光，慘的是『富貴之家』介於兩州之陲，這血案既未曾發到我們手裡辦理，連鄰州一樣沒有著手，拖啊拖啊的拖了十幾天，江湖上傳得沸沸揚揚的，謝大人便著我去查看是否確有此事……好慘啊！殺了人搶了銀子還不算，放一把火把華宅燒成敗瓦，人都死光了，那有不事實！」

老輔繼續道：「我回報謝大人，他聽了，便走了……」

他不禁炫耀起來：「我呀，耳邊沾風的，最能打聽，腿兒快便，就算知州事吳大人，也一樣著我來喚使，謝、俞兩位大人更是一向識重我……」說到這裡，他才發現沒有了聽眾。

眼前沒有了人影，鐵手和冷血已經走了。

老輔搔搔頭皮，喃喃自語道：「奇怪？今天怎麼人人都是繃著嘴臉，匆匆來匆匆去的呢？」

四

當然，他是想破了頭也不知道是什麼原因。

鐵手和冷血進入府衙，不是從正門而入，而是從屋頂上翻進去的。

他們的進入當然不會驚動任何人。

他們到得剛是時候。

俞鎮瀾和謝自居都在內堂。

他們正在劇烈的衝突著。

只聽謝自居正說道：「……你把這件事情按住不告訴我，又把舊檔卷宗抽離，是什麼意思？」他的聲音尖銳而微顫，分明是全力抑制著心中的震怒。

俞鎮瀾冷笑道：「沒有什麼意思，大家都好端端地，謝大人何必緊張！」

謝自居踏前一步，鐵青著臉色，厲聲道：「你當然是好端端的不急，但吳大人給我的破案限期，只剩下一天，你卻把重要檔案毀去，害我過去九天時間全白費了，你！」

俞鎮瀾冷笑道：「郭捕頭捉拿了一個採花大盜，有什麼稀奇？」

謝自居恚怒無比：「那是霍煮泉叫你毀掉檔案的了？嘿，今天忽然送來了霍玉匙的死屍，說他已伏誅，我一查問，才知道這淫賊不久前才給郭捕頭逮過，但檔案上沒有這件卷宗，因而使我想到你給我的檔案既毀得一件，必定能毀二件，遣人至『富貴之家』一查，果有其事。」

俞鎮瀾冷笑道：「那又怎樣？」

謝自居說道：「你瞞得了別人，卻瞞不了我，上頭早發下來要辦理這件血案，並交給了郭捕頭，敢情他已發現了什麼，而遭殺害，你索性把他辦案的卷宗也毀滅了。」

俞鎮瀾臉色陣青陣白：「這樣對我又有何益？」

謝自居冷笑道：「苦己利人的事，你才不沾，『富貴之家』血案，一定與你有關，那些財物都讓你中飽私囊了。」

俞鎮瀾嘿嘿乾笑了兩聲：「你忒瞧得起我！我憑的是什麼居然可以血洗『富貴之家』？『富貴之家』大當家席秋野的『飛鎚金缽』，我可敵得過？」

謝自居呆了一呆，說道：「你還有同謀？」

俞鎮瀾忽嘆了一聲，語氣也較和緩了起來：「豈止是同謀，我也只是爲人驅使，不得不幹。」

謝自居忽「啊」了一聲，半晌才能說得出話來：「難怪……難怪……」就在這時，伏在瓦面聆聽的冷血與鐵手，遽然聽見「砰」的一響。

這一響突如其來，而且不是堂內響起，而是在牆壁響了起來。

鐵手在聲響起之剎那間，雙掌擊下，瓦面碎裂，冷血翻身落下。

冷血在掠落的瞬間，只見一物已在一個牆壁的破洞裡迅速收了回去，而謝自居的身形晃了幾晃，滿嘴都是血，張開了口，似想叫出什麼聲音來，但「咿咿胡胡」的什麼都叫不出。

俞鎮瀾向牆外陡叫道：「你來了——」聲音如見救星的喜悅之情。

就在這時候，一人無聲無息已掠了進來，同時間冷血已經撲下，扶住謝自居。

俞鎮瀾卻叫道：「唐兄——」猝然之間，那人快得似一支脫弦的箭，已逼近俞鎮瀾。

俞鎮瀾呆了一呆，他這下稍微一呆的時間，只是眨眼的時間，但聞「砰」地一響，他的五官即時成了一團肉醬。

冷血沒料到那人竟連俞鎮瀾也殺，來不及出手阻擋，但鐵手已陡然發出一聲大喝，由上而下，罩了下來。

那人冷哼一聲，雨傘急旋而出，鐵手雙掌拍在急轉的傘面上，所蘊的掌力盡皆被卸去！

那人一面以傘架住了鐵手的雙掌，一面又迅疾無倫地往後飛退，要自門口退出去！

冷血出劍！

冷血拔劍的時候，那人正在疾退。

冷血劍刺出去的時候，那人正掠過冷血身側！

冷血的劍直劃了出去，「波」地一聲，那人已在門口閃了出去，一物跌在地上。

竹笠！

冷血的劍劃下那傘下人頭頂一直戴著的竹笠。

那人瞬刻不停，搶出中門，突破大門，直掠了出去，衙裡的差役，只覺得一陣風，連人影也來不及看到，更別說是抓人了。

但是那人掠出石階的時候，乍覺陽光下多了一條影子，自飛簷上直掠了下來。

鐵手！

鐵手擊破了瓦面，與那人的雨傘對了一招，復又穿出屋頂，居高臨下，全力追趕那傘下的人！

同時間，冷血也自衙裡疾射了出來。

他慢了只不過彈指功夫，因爲他看到懷裡的謝自居已經死了。

他放下謝自居的屍體就飛竄出去，這只不過是俄頃之差，鐵手和那傘下的人，已在傘上交手七招之後，一前一後，向外逸去，冷血始終離他們七丈之遙，而鐵手亦離那人保持七尺距離。

三人一直疾走奔馳，由於太急太快，又運盡全力，但見兩旁景物急掠轉換，目不暇給，都無法提氣說話。

三人這一陣急奔，至已奔行了七、八里，那人遽然止步！

那人陡地停步，身已霍然回轉，他身形之急，幾乎足不踮地，在他止步之際，身形已在空中回轉！

所以他一停下來，已面向鐵手，手上的雨傘，依然遮得很低。

他猛然止住，鐵手也說停就停，就在那人遽停的剎那，鐵手整個人像一口釘子，一下子被釘在地上，再也不移動分毫。

鐵手離那人始終七尺。

那人忽然說了一句話：「好功夫。」

這是鐵手第一次聽到那人說話。

隔著油紙傘，鐵手依然感覺到那人的眼光，似地獄裡的煉火一般凌厲而又森寒澈骨。

那人只說了三個字，冷血已到。

冷血與鐵手並肩而立。

他們這時才看清楚，他們所處的地方，前面是一座果園，橘子青澀，但已又大又圓，遠處林木映掩間，有急湍之聲，一條細窄的吊橋飛跨山澗。

五

那人站在矮橘林的前面，傘仍低垂，腳步不丁不八，冷血和鐵手歷過不少大小陣仗，向未有懼畏過，而今卻打從背脊裡升起了一股寒意。

那人背後，還有十二個人。

十二個青衣人，都是著密扣勁裝，十二雙眼睛猶似廿四點寒火，七人右手持劍，五人左手執劍。

冷血和鐵手認得這十二人。

他們曾經交過手。

「十二單衣劍」！

◇◇◇

十二單衣劍身後，在橘林間，有人影閃動，有些隱在樹後，有些匿在橘葉間，有些執著兵器索性站了出來。

這些人，鐵手和冷血，有一小半是認得的。

有些是差役，有些是軍士，有些是侍衛，也有些是捕快、戍卒……就算有大部分是鐵手、冷血所不認識的人，但從他們穿著的衣飾上也可以肯定一點——

這些人都是公門中的人！

「十二單衣劍」之後，那些隱伏的公差之前，一個人，施施然的行了出來。

這人五綹長髯及胸而飄，相貌堂堂，儼然一股豪態、一股官威，卻正是知州事吳鐵翼。

六

吳鐵翼笑了笑說道：「你們，終於來了。」

鐵手也緩緩的道：「你久候了。」

冷血忽問：「郭傷熊發現了什麼？」

吳鐵翼道：「金銀珠寶，我命『單衣十二劍』埋的足可建三座城的金銀珠寶。」

冷血道：「那些金銀珠寶，本是『富貴之家』的，是不是？」

吳鐵翼道：「也是兩河八門的，習家莊的習笑風以爲殺了唐失驚大總管，就可以起回富可敵國的財富，但其實財寶不藏在習家莊內，而只有他和我知道這些珍珠寶貝在那裡。」

「他」係指那傘下人。

吳鐵翼笑了笑又道：「習秋崖永遠也找不到那財庫。」

冷血冷冷地道：「但你們埋寶時卻讓郭捕頭偶然瞧見了。」

吳鐵翼大笑道：「所以我們也換過了藏寶的地方，你們永遠找不到。」

鐵手接道：「你派謝自居來勘查這件案子，限他十日破案，一方面令俞鎭瀾毀去一切跟案件有關的佐證與檔案，謝自居十天破不了案，你就可以名正言順理直氣壯地除去了他。」

吳鐵翼道：「本來是的……」

鐵手接道：「但你把任務交予手下霍煮泉去做，他卻假公濟私，順此救了他的兒子，也毀去了那一部分卷宗。」

吳鐵翼嘆道：「偏是霍玉匙不爭氣，又來犯事，而且千不揀，萬不揀，揀到了習家莊，惹著了你們，才致生出這等大禍來！」

鐵手冷笑道：「這叫『天網恢恢，疏而不漏』。」

吳鐵翼笑道：「眼下情景，究竟誰死誰活，憑老天爺的慈悲了。」

冷血再問：「你殺謝自居，早有預謀，卻爲何連俞鎮瀾也不放過？」

吳鐵翼反問道：「他已無利用價値，留著一個毫無用處的人不殺，是要待他來告發自己嗎？」

他笑笑又道：「自從你們發現霍玉匙未死後，一定會追查檔案何以毀失的事，遲早必定會查到俞鎮瀾身上來，最後難免知道是我。老輔告訴你們，同時也告訴了我，所以，我一早準備好了……」

他嘆了一口氣道：「我沒想到這件事會扯出你們來，要是知道，我是不願惹的，寧可等你們走後再幹。」

冷血又問：「那麼郭捕頭是你們毒死的？」

吳鐵翼大笑：「他走報俞鎮瀾說發現了兩河八門與『富貴之家』的失銀，俞鎮瀾立刻告訴了我，我只有找個人去毒死他了。」

冷血再問：「誰下的手？」

吳鐵翼呵呵笑道：「郭傷熊不是狗熊，他精得很，我們要毒死他，卻沒一人是他信任的，可惜他有個信任的人，爲了三百五十兩銀子，就六親不認……倒是把他毒死後，讓他攬著塊墓碑，是我的意思，橫豎藏寶地點已移，讓你們疑心到塚場裡瞎耗光陰，也屬快事，卻沒料霍煮泉如此大意，種下禍根！」

鐵手禁不住問：「那究竟是誰毒死郭捕頭？」

吳鐵翼笑而不答，鐵手和冷血二人，只覺一道寒意自腳下升起，不寒而慄。

第四部　如此陣仗

第一回　傘下的黃臉高手

一

習玫紅在郭竹瘦亂糟糟的家裡，只耽了片刻就睏了，伏在桌上有夢沒夢的睡了幾個時辰，一覺醒來，日影西斜，習玫紅只覺一天做不了幾件事，她簡直可以說一整天都沒有做到半件事，只覺索然無味，一點人生樂趣也沒有了。

但她的嗅覺還是有趣有味的，而且還是頗敏銳的——好香啊。

她側頭看去，那癡肥臃腫的懶惰蟲郭竹瘦還在那兒瞌睡著，日近黃昏，廚房裡灶口正燒著旺火，連油鍋味都出奇的香。

習玫紅的肚子開始微微咕咕了兩聲，習玫紅肚子一餓，她的人生樂趣又來了。

她看到柴火映在磚牆上的纖小人影，就知道誰來了。

習玫紅興高采烈的走到廚房門口，「嗳」了一聲。

小珍也不回頭，雙頰給爐火映得紅通通的，手裡熟練靈巧的在炒菜，含笑瞧了她一眼，「怎樣呢？三小姐可夢醒啦？」

習玫紅過去雙指拎了一塊菊花兔絲，吃得津律有味，還猛吮手指，「哎嗳，我的好小嫂子，替小姑做菜，可做到這兒來了。要不是妳燒的菜香，可能我還在睡夢中哩。」

小珍啐了她一口，一面擷菜揀青綠的往鍋裡丟，鍋裡發出滋滋的煙氣，「沒正經的，妳少口裡賣乖，想我炒好吃一些。」她在小罐子裡舀了一舀，只舀到一些微的碎末，就向習玫紅道：「好三小姐，替我找一些鹽來。」

習玫紅笑著走開去，笑道：「有得吃，莫不從命。」可是她在廚房裡東翻西找，就是找不到鹽。

小珍催促道：「快些，不然就要焦鍋了。」

習玫紅心想：鍋焦了可不好吃。情急起來，手裡猛用力，把碗櫃的木格「啪」地扯了下來，是有一小包東西，白生生，細粒顆兒的，端近鼻尖一嗅，以為是鹽，便往廚房拿了過去，邊叫道：「噯，我找到了。」

她卻沒注意到廚房門口，無聲無息的出現了一個人影。

在火光掩映下，那人一張癡肥而木然的臉孔，猶似塗上一層金色的粉末，但仔細看去，他臉肌每一塊肌肉都在抖動著，喉核也上下移動著，雙眼直勾勾的看著習玫紅手上撮著的「鹽」。

習玫紅笑著拿了一撮鹽，側首問：「要下多少？」

小珍說：「一點就夠了。」

習玫紅一面灑鹽一面側首問：「妳怎麼來了這裡？」

小珍低著頭說：「妳出來之後，我在莊裡出了點事，一個採花盜闖了進來，挾持了我，但後來給冷四爺、鐵二爺、習莊主制住了……」

習玫紅「哎呀」一聲道：「鐵手、冷血回莊了？我還呆在這裡等候他們哩。」

小珍偏著巧頷道：「不過他們又出去辦案了，我是聽冷四爺說妳在這兒等待他們的，所以……所以我也來了。」

鐵手、冷血說過會回來這裡，就一定會回來的，所以小珍也在這裡等他們回來。

卻在這時，「哄」地一聲，鍋子裡陡炸起火焰三尺，鍋底也發出奇異的滋滋聲響，一股焦辣劇烈的味道刺鼻而至！

怎麼會這樣？

習玫紅只不過是在鍋裡撒下一把鹽而已！

習玫紅拉著小珍退開，只見鍋裡火冒起五尺高，烈焰作青藍，火光映掩裡，兩人心裡納悶：怎麼會這樣？

她們卻沒注意到背後。

背後的那個人。

那個人的一張胖臉。

胖臉在火光映動中，汗水猶似千百條小蟲，淌了下來。

郭竹瘦怎麼會有這樣的神情？

二

就在鍋裡火焰沖起之際，另一處地方的冷血，「錚」地拔出了腰畔的劍，夕陽映照下，劍身發出一種奪目的光芒。

吳鐵翼笑了：「我請人引你們來，就是爲了這一場無可避免的決戰。」

冷血道：「就憑你、傘下人、『十二單衣劍』，還有三十八個狙擊手？」

冷血此語一出，吳鐵翼也微微一震，道：「我的三十八名近身侍衛，並沒有現身，你一語道出數目，實在可以擔得起我布下的陣戰！」

冷血雖然表現得凜然不懼，但一顆心正往下沉。

在河邊他和鐵手曾和「十二單衣劍」一戰，傘下人並沒有真正出手，但已令兩人都受了不輕的傷，事後鐵手和冷血判斷，若傘下人與十二單衣劍合擊，二人縱盡全力，亦只有四成勝算。

何況還有三十八名狙擊手？

況且還有吳鐵翼！

更何況冷血心裡惦記著習玫紅，他從吳鐵翼的話裡測出下毒手的人是誰了，而習玫紅，因爲要等待自己，還在虎穴之中，懵然不覺！

冷血心急如焚。

他一急，定力就不足。

而這是一場兇險至極、分毫疏失不得的惡鬥！

三

鐵手驀然上前一步。

他只低聲對冷血耳邊說了一句話：「要救三小姐首先要除這一干人，要除害則要全神貫注！」

他說得很快，他目的是要讓冷血斂定心神，全力以赴。

幸而他不知道小珍也去找習玫紅和等候他回來，否則，他還能不能比冷血鎮定？

吳鐵翼撫髯道：「我們的事，必須要此時此地料理清楚，否則，你們告上去，我自有上頭罩住，未必告得倒我，但我不會讓你們有告我的機會。」

鐵手冷笑道：「因爲我們一旦揭發你的陰謀，就算告不倒你，你也已行跡敗露，暫時無法耍弄權謀了。」

吳鐵翼微微笑道：「所以今日，我非除你們不可。」

鐵手道：「我們也不要告你，告上去，你自有貪官護著，我們今日也要奪你的首級。」他說完，緩緩的除下了翎帽、腰牌，冷血也是一樣。

他們這樣做，無非是表示這是一場江湖中的決鬥，生死由命，並非代表官府的行爲。

當律法不能妥善公平執行的時候，他們將不惜運用本身的智慧和武功，來尋求合理的裁決。

爲執行正義，死生俱不足惜。

吳鐵翼當然明白他們的意思，今日參戰的人，全都是他的心腹部下，只要殺了鐵手、冷血，這事就了結，吳鐵翼也可無後顧之憂。

冷血一字一頓地道：「那晚在河邊暗算了我一記的人，是不是你？」

冷血是向傘下人發問。

傘下人猶如暮色一般陰、沉、冷、靜，半晌才緩緩的點了點頭。

冷血一共見過這人出手三趟，第一趟在黑夜河邊，一擊而中，令自己背部受傷；第二趟，在都督府，他先殺霍玉匙，再殺霍煮泉，也是一擊得手；第三趟是在府衙裡，他連續擊殺謝自居和俞鎮瀾，亦是一擊格殺。

此人總共出手三趟五次，共殺了四人傷一人，全是一擊命中，從不用出手第二次。

他的武器，似乎是一條縋索，索上繫有一物，似暗器而又非暗器，出手五次，卻令人看不清楚，也無從捉摸。

冷血問：「我們將要一決生死了，是不是？」

那人不答。

冷血道：「在未決勝負前，我要知道你是誰！」

那人靜了一會，徐徐地，把雨傘傾斜，斜陽以微斜的角度照在他的臉上，一分一分地，一寸一寸地，終於現出了那人的本來面目。

這人的臉色跟泥土一般黃，臉上似打了一層蠟般的，毫無表情，像一個失去表情的人。

冷血和鐵手，從沒有見過此人。

他們見傘下人一直沒有露臉，總以爲是個熟人，但這人並不熟悉，卻令他們倒吸一口涼氣。

眼前這人，站在那裡，像一個沒有生命的肉體。沒有生命，沒有感情，沒有顧慮，也沒有留戀……這樣的殺手，往往可以殺掉武功比他更高的對手，何況這人的武功已高得出奇！

只聽吳鐵翼笑道：「其實，我也不是主謀，他才是。你們可知他是誰？」

冷血和鐵手默然。

吳鐵翼道：「你們一定聽過他的名字，他叫唐鐵蕭。」

鐵手、冷血一聽這名字，臉色倏然一變。

四

唐鐵蕭！

唐門數度意圖稱霸江湖，獨步天下，屢次都功虧一簣，功敗垂成，最近一次，本已主掌江湖之安危氣運，但終爲大俠蕭秋水所破，以致只得將野心暫時壓下。

「習家莊」血案及八門慘禍，就是唐失驚一手策劃的！

可惜唐失驚的計畫與夢想，終爲冷血和鐵手所粉碎，而唐失驚也爲習笑風所殺，除了一大禍害！

蜀中唐門要君臨天下，所派出來招兵買馬，建立實力，鏟除異己的，自然不止一人，唐失驚只是其中之一。

蜀中唐門所派出來要掀起武林一番血腥風暴，改朝換代的組織，叫做「小唐門」。唐失驚不過是「小唐門」座下九大堂主之一，還不是創立「小唐門」七大高手中任何一人。

這建立「小唐門」的七名高手，自稱「七大恨人」，每人各有不同的恨事，唐鐵蕭便是其中一個。

江湖上很少人知道唐鐵蕭的武功，因爲跟他交過手的人，沒有活著的。

武林中也絕少人見過唐鐵蕭的臉孔。

鐵手和冷血而今卻見到了這個傘下的黃臉高手，而且，即要與之決一死戰。

五

吳鐵翼道：「而今唐門的實力已沛莫可禦，其實比我更高的官，也一樣被唐門的人挾持或收買，這局勢如江河直下，你們以蜻蜓撼石柱，阻撓不來的。」

鐵手和冷血聽了不覺動容，唐門的人如水銀鑽地般無孔不入，到處招攬權貴財富，圖的豈止是武林霸業而已？

鐵手說道：「那你是被挾持，還是收買？」

吳鐵翼笑道：「單只『富貴之家』和八門慘禍遺留下來的銀子，已足夠叫我做什麼都無怨懟了。」

冷血道：「原來有唐門的高手在，難怪可以毒死郭捕頭了。」

唐門的暗器與毒，稱絕江湖。

唐鐵蕭忽然說道：「那還得靠下毒的人。」他說這句話，就像他的出手，從不落空。

他這句話是要挑起冷血的慌惑不安。

冷血卻不得不心急。

——習玫紅究竟怎麼了。

六

習玫紅拉著小珍，往後一直退，生怕給火焰炙及，卻倒撞在一個人身上。

習玫紅尖叫一聲，惹得小珍吃了一驚，也叫了一聲。

習玫紅回頭看去，見是郭竹瘦才定下心，跺足啐道：「你躲在我們後面幹嗎？真嚇死人了！」

郭竹瘦沒有作聲，習玫紅指著那鍋頭道：「奇怪？怎麼無端端炸起了火？」這時火焰已漸黯淡下去了。

小珍蹙著秀眉道：「那是鹽嗎？」她過去把那包給習玫紅翻挖出來的「鹽」拿在手裡，很仔細的看著。

郭竹瘦忽道：「給我！」

習玫紅詫道：「給你什麼？」

郭竹瘦忽然伸手，把小珍手中的「鹽包」搶了過去，小心翼翼的藏在懷裡。

習玫紅又好氣又好笑：「你幹什麼？那是什麼？」

郭竹瘦吃力地道：「鹽……」

習玫紅笑啐道：「當然是鹽，奇怪，火焰燒出來青青綠綠的，放下去一會兒才見古怪，可也稀奇！待會兒鐵手、冷血回來，我找他們問去。」

郭竹瘦大汗涔涔而下。

小珍笑說：「算了，我已炒好兩碟菜，燒好了飯，三小姐就省吃一道，將就將就吧。」

習玫紅忙不迭道：「好，好，我已饞涎三寸，再不吃，妳三小姐我，可要垂涎三尺了！」

兩個女孩子都笑了起來，把碗筷擺好，將炒好了的一碟鴛鴦煎牛筋，一道花炊鵪子，端了上來，盛好了飯，習玫紅早捺不住口腹之欲，心無旁騖地大嚼起來。

小珍抬眸叫道：「郭捕頭，你也來一道吃吧。」

郭竹瘦含含糊糊的應了一聲。

習玫紅罵道：「小郭，你也別白膩了，要吃，就過來吃嘛，四肢百骸，要不吃飯，無所著力的唷！」

郭竹瘦又應了一聲，卻拿了一罈酒，三個小杯子，酒已盛滿了，端到習玫紅和小珍面前，直楞地道：「我——我敬二位姑娘一杯。」

這時天際的晚霞，翻湧層層，悽艷異常。

第二回　對陣

一

天邊的晚霞像剛咯過了一陣悽艷的血，被夕陽鍍上一層層金燙捲邊，像有許多璀璨的神祇，曾在邃古之初，在那兒作過鐵騎凸出、銀瓶乍破的古戰場。

冷血向唐鐵蕭沉聲道：「拔出你的兵器。」

唐鐵蕭冷冷的盯著冷血，像鎚子一般沉烈的眼睛盯住冷血的劍，「你跟我？」

冷血點頭，他的劍已揚起。

唐鐵蕭道：「好，不過不在這裡。」返身行去。

冷血正欲跟上，鐵手忽搶先一步，在他耳畔說了一句話，鐵手搶上前去之際，

冷血臉上現出了強烈的不同意之神情，但等到鐵手對他說了那句話之後，冷血才站

住了腳步。兩人的眼裡都有很深重的感情，彼此都沒有說出。

——珍重。

無論那一方出戰，都是那麼難有取勝之機，又不能互爲援奧，這一別，除了珍重，能否再見？

鐵手究竟在冷血耳邊說的是什麼話，能令冷血放棄選擇唐鐵蕭爲對手？

二

唐鐵蕭在前面疾行，走入青橘林中。

鐵手緊躡，離唐鐵蕭九尺之遙，這距離始終未曾變過。

當唐鐵蕭走入橘林密處時，他的腳步踏在地上枯葉那沙沙的聲響陡然而止。

鐵手也在同時間停步。

唐鐵蕭問：「來的是你？」他的聲音在橘林陰暗處聽來像在深洞中傳來，但並沒有回頭。

鐵手反問了一句：「那裡？」

唐鐵蕭也沒有回答他，又重新往前行去。

鐵手跟著。

兩人一先一後，行出橘林，就聽到潺潺的流水之聲。

唐鐵蕭繼續前行，流水轉急急湍，終至激湍，一條五十丈長，二尺寬，弓起了的蒼龍，一半沒在暮霧中的吊橋，出現在眼前。

橋下激湍，如雪冰花，在夕照下幻成一道濛濛彩麗的虹。

激流飛瀑下，怪石嵯峨，壑深百丈，谷中傳來瀑布回聲轟隆。

唐鐵蕭走到橋頭，勒然而止。

橋墩上有三個筆走龍蛇的字：「飛來橋」。

三

橋因瀑濺而濕漉布苔，吊索也古舊殘破，橋隱伏在山霧間，又在中段弓起，像一道倒懸的天梯，窄而險峻，確似憑空飛來，無可引渡。

唐鐵蕭冷冷地道：「我們就在這裡決一死戰。」

他說完了，就掠上了橋。

那橋已破舊得像容納不下一隻小狗的重量，但唐鐵蕭掠上去就像夕陽裡面捲了一片殘葉落在橋上一般輕。

一陣晚風徐來，吊橋一陣軋軋之響，擺盪不已，像隨時都會斷落往百丈深潭去一般。

就在這時，橘林外傳來第一道慘叫。

慘叫聲在黃昏驟然而起，驟然而竭。

鐵手知道，冷血已經動上手了！

鐵手長吸一口氣，走上吊橋。

吊橋已經年久，十分殘破，而且因經年的雨瀑沾灑而十分濕滑，長滿了深黛的綠苔，麻索間隔十分之寬，而橋身窄僅容人，兩人在橋上決戰猶似在懸崖邊緣上賭生死一般，一失足，即成千古之恨。

鐵手登上吊橋，就聽到唐鐵蕭金石交擊一般的聲音道：「在此決生死，生死都快意。」

鐵手默然，左足後退一步，架勢已立，他捋起長衣，把袍襬折在腰際，然後向對方一拱手。

這一拱手間，唐鐵蕭看去，鐵手雖立於吊橋首部低拱處，但氣勢已然挑起得整座長天飛來的纖龍。

鐵手的拱手，十分恭敬，他不只是對敵手之敬，同時也是對天敬，對地敬，對自己敬，對武功的一種尊敬。

唐鐵蕭也肅然起敬。

他解下了腰繫的繩縋，繩末有一個彎月型的兩角弧型，彎口利可吹毛而斷的物體，交在右手，左手執著雨傘，傘尖「登」地彈出一口尖刀。

他道：「我用的是飛鉈，以傘刃爲輔，你的兵器呢？」

唐鐵蕭在唐門暗器裡只選擇了飛鉈來練。飛鉈是一門極難習，而且從沒有一流高手是用這種暗器式兵器的。但他選了，而且苦修，他的飛鉈，沒有對同一個人出擊過兩次。

因爲從不需要。

他問鐵手，是他尊重敵手，更尊敬鐵手。

鐵手搖首，卻抬起了手。

他的兵器就是他的一雙手。

就在這時，橘林裡緊接兩聲慘呼聲。

鐵手可以感覺到橘林裡外的戰鬥有多慘烈：以冷血的狠命殺法，居然在這麼長的時間才響起三次慘呼，而且，第一次尚在林外，第二、三次已在林裡，可知戰陣之轉移，甚至沒有兵器交擊以及對敵喝叱之聲，只有瀕死的慘嚎，而且，到了第二次、第三次，是同時響起的，可見不傷則已，一死二人齊亡。

所幸慘呼裡並無冷血的聲音。

不過，鐵手瞭解冷血，就算他戰死，也不哼一聲，除了鬥志極盛時如張弓射矢的厲嘯！

四

橘林裡，冷血低低呻吟了一聲。

「十二單衣劍」已給他殺了一個，衝進橘林，中伏，他反身殺了兩個狙擊手。

但他後腰已中了一刀。

那受傷的熱辣辣，刺刺痛的感覺，冷血在每一次戰場裡幾乎都可以承受到，所以每次冷血在擊敗敵人贏得勝利後，那感覺就像蛹化成蝶在彩衣繽華裡猶可憶及掙扎脫繭的遍體鱗傷。

可是這次不然，他心頭沉重。

刀光映閃，到處是夕照反射強刃的厲光。

敵人太多，隱伏林間，單衣劍作正面攻擊，狙擊手暗裡偷襲，他已失去破繭化蝶一般的反擊契機。

他闖入橘林裡，密葉隙縫都是閃動的敵影。

他腕沉於膝，劍尖斜指正面，往後急退。

包圍的人也在他四周迫進。

他陡然靜止。

他靜止的剎那，一人掩撲而至，兩道飛血濺出，將青澀的橘子染成鮮紅。

前撲的一人倒下，後面潛來的另一人只見白光一閃，他親眼看見自己咽喉裡噴出一道泉！

血泉！

他發出閹豬一般的低鳴，仆倒下去。

冷血額角滲出汗水，他劍高舉於左，右手亦輔左手托著劍柄，左足微屈，右足踮趾，全身重心九成交於左腿之上。

他全身被強烈的鬥志焚燒。

他全身的肌肉神經一觸即發。

陡然，他所站立處地底裡倏忽伸出一柄鋼叉來！

——地下有埋伏！

他怪叫一聲，沖天而起，腿上已多了一道血痕。

地底下的人震開泥地碎葉而出，出得來時已身首異處。

冷血拔在半空，殺了暗算的人，但有七件兵器同時向他攻到！

他斜飛而起，落在一棵矮橘樹上，忽覺背後刀風破背而來！

他的劍在刀及背項之前，已刺殺了對方。

橘樹坍倒，下面的人已經砍斷了這棵樹。

冷血人也落下。

十七、八件兵器在下面等著他。

他落下的時候，手足疾揚，十七、八顆青橘向這些人飛打過去。

攻擊者急退，怒喝：「有暗器……」

一面用武器格開，待發現是橘子時，冷血又殺了三個對手。

他的姿勢仍是劍舉左上，以左足爲軸，但因腿傷而顯得有些微晃！

圍攻的敵人閃動，兵器在夕陽映出邪芒，但誰都沒有搶先發動攻擊。

因爲那一柄劍不帶一絲血跡，卻是森寒得令人心膽俱喪的誅邪劍。

圍攻者散開，那十一單衣劍又告出現了。

十一人身影疾閃，捲起一道旋風，碎葉飛起，青橘狂搖，十一劍在風中葉間像十一條飛蛇，噬向冷血！

冷血大叫一聲，衣服蓋在其中一單衣劍頭上，赤著上身，在十一劍破漏處像一頭猛豹般竄出。

其餘單衣十劍扶起那被衣衫罩在頭上的兄弟，發現衣衫已被鮮血染紅，像灑在水上的血花漸漸擴散開來。

夕陽赭如血。

五

殘陽如血。

瀑珠幻成彩虹，架在吊橋下。

鐵手雙目平視在離他十一尺外的唐鐵蕭。

唐鐵蕭將手上的飛索，高舉過頂，旋動了起來，飛索上縋繫著鐵鉈，每旋過一圈，就挾著刺耳的尖嘯聲。

飛鉈旋在吊橋麻索之上。

飛鉈愈旋愈急，暮色愈來愈濃。

飛鉈旋得太疾，已看不見飛鉈的影子，只聽見飛箭如雨般密集的急嘯聲。

暮色中，唐鐵蕭手中旋舞的飛鉈，像個鬼魅的影子，沒有蹤跡可尋。

無形的飛鉈，自己躲不躲得過？

夜色將臨，夜幕中的飛鉈，自己更是無從閃躲。

鐵手在這俄頃之間，決定要冒險去搶攻。

可是唐鐵蕭另一隻手，徐徐張開了傘，傘覆住了身子，傘尖如一頭露出白牙的野獸，在暮色中等待血浴。

飛鉈仍舊飛旋在半空之中。

人在吊橋上。

吊橋在半空之間。

鐵手覺得自己的性命，就像這條吊橋，被殘破的麻索懸在半空，隨時掉落，粉身碎骨。

這兩尺的橋面，更沒有閃躲的餘地——

唯有後退。

但是退後在兩個實力相當的高手生死一決之際，是極失鬥志的事，何況，在這滑漉窄橋上的急退，又那能快得過巨人之臂般的長索飛鉈？

既不能閃，也不能躲，又不能進，更不能退，鐵手驀然明白唐鐵蕭引他在飛來橋上一決生死的意義。

在生與死之間，必須有一人選擇死，亦可能兩人結果都是死，像這嘩然的瀑布傾落百丈，濺出水珠化為深潭的壯烈前，仍先串成一道夢幻的彩虹。

山風呼呼地吹送過來，吹過平原，吹過橘林，吹得吊橋搖晃如山澗上的紙鳶。

山風吹過橘林的時候，鐵手聽見橘林裡傳來密集的四聲慘呼，跟著是冷血的第三聲大喝，以及又一聲哀號。

鐵手打從心裡盤算一下，冷血身上著了至少有三道重創，而敵人至少去了十三人。

那麼，「十二單衣劍」連同三十八狙擊手，剩下的敵手至少還有三十七人。三十七人，受傷的冷血可還能熬得住？

他忽然心頭一震，因為他接觸到唐鐵蕭那雙猶如地獄裡寒火的眼睛。

那眼睛本來是無情的、肅殺的、冷毒的，但此刻有了一絲譏笑和同情。

因爲對方看出他的分神。

這種生死決定於俄頃之間仍爲其他的事而分心，除死無他。

鐵手憬然一覺後，立即斂定心神。

那雙眼睛立即又變回冷毒、肅殺、無情。

山風吹到飛鉈的圈影裡，立即被絞碎，發出如受傷般更劇厲的尖嘯聲。

冷血此際在橘林中廝拚，像一頭左衝右突的猛虎，要鏟平張牙舞爪於左右的獒犬。

鐵手這邊的戰局卻不動。

不動則已，一動則判生死。

兩邊的局勢，係一動一靜，全然不同的，但卻同樣凶險。

第三回　陣戰

一

兩聲長號之後，又三聲長嗥。

——第十八個了！

冷血心中默唸著這個數字，眉宇間的殺氣在四周驚恐的眼神與淩厲的兵器中巡逡，冷血的身形也展動著。

十名單衣劍又逼了上來。

冷血並沒有正面交鋒，卻掉頭就跑。

他一面跑，揮劍殺了兩人，在呼喝及追擊聲中，他在橘林裡穿插，忽如夕照映在葉上的光彩一般消失了。

「在那裡！」

「追！」

「不，在這裡！」

一條人影在另一個方向疾閃。

「殺！」

「到底在那裡？」

「不要讓他跑了！」

「哇！」一聲慘叫，一名單衣劍攢入原來他在地底埋伏處，忽被一道劍光開了膛。

另二名狙擊手返身欲救，忽背後一道急風，兩人未及回首，已血湧如泉。

待大家圍攏掩至時，敵人已消失了蹤影。

「嘩！」又一聲慘叫，遠處一名負責截斷橘林邊緣的單衣劍捂胸倒下。

當眾人衝殺而至時，另三名狙擊手相繼倒地，一條灰樸樸的人影疾閃不見，在殺氣騰騰血腥風暴的橘林中，人就像被踩踏過多汁的青橘，毫無價值。

一名單衣劍大叫道：「不要讓他逃出林去——」他仗劍衝出，只見茫茫平野，日已西沉，暮際掠起一陣不祥的陰影，卻毫無敵人落荒而逃的蹤影。

這時「刷」地一劍，自樹上疾插下來，沒入他的頭頂。

兩名狙擊手高躍撲擊，但卻在半空才落下來，咽喉各射一道血泉。

人影似大鳥一般掠起，但一名單衣劍手劍上已沾了血跡。

人影在暮色中一沉一伏，灰狐般的在鬱鬱林間忽再消失。

眾人又過去搜索，那名劍上沾血的單衣劍手卻汗涔涔下，大叫了一聲：「大家靠在一起，別分散！」

這些都是在沙場中久經陣戰的好手，立時布成了局勢，往橘林中間退守並肩，一個退得稍遲的狙擊手，無聲無息的倒在地上，背後脊椎給刺了一個洞，血汩汩流出。

暮色更濃了，橘林裡沒有鳥叫、沒有蟲鳴，只有搏鬥的汗水、血液的腥風、拚死的殺氣。

他們得知自己布下的陣勢已給冷血衝散。

現在橘林變成了他們的陷阱與埋伏，冷血反過來在暗處。

他們必須要結在一起，以免被像黑暗一樣無常的敵人逐個擊殺。

他們暗底裡點算一下人手，只剩下七名單衣劍，二十一名狙擊手，幾乎已死傷近半。

暮色漸織著紫色的夢衣，四周的景物已漸不清，只有黑暗的輪廓，該如何應付那仗劍殺人而神出鬼沒的敵人？

暮色深沉，那如蝙蝠黑翅的夜色，還會遠麼？

「點火！」發號施令的單衣劍手顫抖的聲音裡充滿了生平首次領略被狙擊滋味的惶怖。

夜色隨血味而深濃，鏖戰未休。

二

小珍眺望著即將來臨的夜色，怔怔地不知在想些什麼。天穹近山處，有一顆發亮的星子，不知爲什麼的亮著。

習玫紅向郭竹瘦笑罵道：「你怎生得這楞性兒！那有敬女兒家喝酒的？我們不喜歡喝酒，要敬嘛，就敬茶來。」

郭竹瘦愣了一愣，道：「我去端茶來。」說著走到後頭去。

小珍橫了習玫紅一眼，沒好氣道：「那用喝什麼的？你把他使來使去，可沒頓飯好吃。」

習玫紅笑道：「我可吃得好好的。」

小珍又怔怔地望著天邊的晚霞，夕照像一個歲月不饒人的多情女子，遲暮得如許艷麗。

習玫紅用筷子敲一敲菜盤，發出「叮叮」二響，「喂，我未來的小嫂子，妳又發什麼癡了？」

小珍喃喃地道：「妳聽。」

風在竹林端胡胡地吹，空氣薄涼得像可以敲出脆音來。

習玫紅皺眉聽了一會兒，說：「是風聲。」

小珍癡癡地道：「還有。」

習玫紅又傾聆一陣，「沒有了。」

小珍水靈似的眸子又投向遠方，「好像有人在叫我們。」

習玫紅笑道：「那是大雁在叫。」

這時郭竹瘦已走了出來，端了兩杯茶，一杯給小珍，一杯給習玫紅，他自己卻拿了原來放在桌上的酒，向二姝舉杯道：「我敬……」

習玫紅笑啐道：「怎麼那般多禮？喝就喝嘛，有什麼好敬的！」

說著，仰著脖子，便要一口盡了杯中茶。

三

——第三十四個了！

冷血的心裡默算著，他估計敵人只剩下單衣劍五名，狙擊手十七名。

他搏殺的主力，是向單衣劍下手。

他必須要在他體力、精神仍盛時，將首要大敵除去。

雖然敵手剩下二十二名，但他絲毫不覺得輕鬆，原因有四：

第一，吳鐵翼還未出手，甚至連出現都沒有出現，這人恐怕才是他的頭號大敵。

第二，習玫紅此刻只怕是真正跟那可怕的殺人者在一起，安危不知，他必須要從速解決掉這些人，前去救她。

第三，二師兄鐵手那邊與唐鐵蕭格鬥，毫無聲息，但唐鐵蕭顯然是個比這三十八名狙擊手與十二單衣劍加起來還可怕得多的對手。

第四，他血已流了不少，精神體力也在他極度消耗的身體軀魄中溜失。

他念及這四點，心中大亂，遽爾背後刀風陡起，他來不及招架，一劍反刺出去！

「噗」的一聲，他的劍確然是刺中一個人的身體，背後的刀風也立時凝結了，但是面前兩道劍風，同時湧至！

他已不及抽回嵌在人體的劍，怪叫一聲向前撲出，躲過兩劍，滾入橘林之間。

那兩名單衣劍緊躡猛刺，冷血一面滾動著身體，一面雙掌齊出，拍在橘幹上，嘩啦嘩啦，橘樹的枝葉和橘子一齊向兩名單衣劍手驟雨般打了下來。

見。

兩人以爲是厲害暗器，一面身退，一面招架，手忙腳亂，招架得來，冷血已不

兩人張望片刻，正欲招呼其他的人來搜索追擊，忽爾一人覺得背後一涼，胸口已突出一截劍尖來。

那單衣劍手倏見自己胸膛竟凸出一截劍來，那種感覺可說詭異至極，他臉上的神情，也怪到極點，他的伙伴聽到異響，轉過身來，由於夜色深沉，他看不清楚他伙伴胸前的劍尖，只見到同伴臉上詫異臉容，不覺呆了一呆。

就在他稍呆一呆的瞬間，腳下被人一勾，一個踉蹌，撲到了他的同伴的身上，「嗤」地一聲，嵌在他伙伴胸前的劍尖刺入了他的胸膛。

死亡的痛楚令他啞嘶半聲，但死亡的恐懼令他另半聲已發不出來。

冷血拔劍，劍尖等於從他兩個人的體內抽拔出來。

卻在這時，火炬大亮。

他已被重新包圍。

三個單衣劍手，左手火把，右手劍，六隻瞳子發出仇恨的異芒。

十六名狙擊手，殺氣騰騰的封住了他一切進、退以及任何可作移動的方位。

他在橘林外開戰，殺入橘林找掩護，但中伏受傷，後易明爲暗，在黑黝中伏殺了不少對手，卻在此刻，他又陷入敵人的正面包圍中。

這種宛若仇恨不共戴天的戰陣，一定要血和力去破陣。

冷血握劍的手，定若磐石，但他腰、腿、背、臉四處傷口的血，已染濕了他立足之地。

火光熊熊。

四

夜色沉沉。

飛鉈仍在飛旋著，在呼嘯的山風中發出各種不同的尖嘶，黑鴉枯枝般的分裂著鐵手的神經。

鐵手站在橋上，份量宛似一座山，輕似一片羽毛。

他們已僵持了一段時候。

——最終總是要出手的。

鐵手望定唐鐵蕭雙眼中的鬼火，腳下的霧寒越來越濃重。該是出手的時候了！

唐鐵蕭瞥見鐵手眼神忽掃向自己的下盤。

他的飛鉈立時飛襲出去！

往鐵手的上盤飛擊過去！

這破空的飛鉈，少林不忍大師曾用「金剛不壞神功」摻「大袍袖」捲住，但飛鉈裂袖而出擊斃不忍大師。天山義老人更以「玄天枯木盾」擋住飛鉈一擊，但飛鉈裂盾而出擊殺義老人。大內帶刀侍衛統領婁鷹野以「少陽重金剛手」的功力運千斤杵杖砸開飛鉈，但仍給飛鉈斷杵而去擊死婁鷹野。

武林中只有「大旗義烈金刀魂」之稱的大俠莊複諧能以「神州旗」捲住飛鉈，但飛鉈仍破旗而出，擊倒莊複諧，莊複諧亦從此一戰不起。

而今這一記飛鉈，破空、裂風、碎夜、斬臉而至，飛擊鐵手。

五

一道石槳，劈擊冷血頸部，擊了個空，那膂力甚鉅的狙擊手尚未來得及第二擊，便已給刺了一劍！

只要刺中一劍，不必再刺第二劍，這是冷血的劍法。

因爲太少人中了他一劍仍然不死的。

但是冷血脅下中了一記蜈蚣鉤，傷勢相當不輕。

連那使石槳的在內，地上又多了五具狙擊手的屍體。

冷血情知自己不可再力拚下去，所以他全力撲擊那三名單衣劍手中的火炬！

只要滅了火，對方人多，自己在黑暗中反占了便宜。

只是這三名單衣劍手不但武功高，劍法也好，而且人也極爲機警，他們閃動著，避開冷血鋒銳，僅在冷血忙於應敵時，他們才乘機刺他冷劍。

冷血衝前，疾刺那名首先揚聲要大家靠攏上來的單衣劍手。他出劍時披髮而起，汗水滴在他眉骨之上，在火光中猶似一個令人怦然心動的劍狂。

那單衣劍手架了一劍，迅速沒入己方的人叢中，冷血追擊，殺了一個狙擊手，正想逼進，忽覺眼前一陣泛白，跟著一陣天旋地轉，他一個踉蹌，幾乎跌倒，及時以劍插地，支撐著幾已將生命之火都拚耗而盡的身體。

他宛似一頭受傷的獸，在火光的嘲笑中掙扎求生。

人影晃動，火光中不住有兵器擊向他的身子。

冷血狂吼，驟然拔劍沖起。

劍猛拔而起，泥塊猛罩射其中一根閃動的火炬，火炬頓滅。

冷血如沖天而起的披髮神祇，劍往下削，「噗」地一聲，一支火把被削斷落地。

眾人怒吼驚呼，一個單衣劍手提著最後一根火把，叫道：「護著……」

他剛叫了兩個字，冷血的劍已刺入他的嘴裡，同時間，有七、八名狙擊手已掩至冷血後方。

這時那單衣劍手嘴裡噴出來的鮮血，已淋滅了火炬，情景忽然大暗。

這一暗使得掩殺而來的狙擊手心裡一寒，有兩、三人已禁不住悄悄退了開去。

他們甫一退開，慘呼迭起，剩下的五個狙擊手中只有二個踉蹌而退，其餘三人已在這刹那間失去了性命。

冷血仍在黑暗中。

他的劍綻出寒光。

剩下的七名狙擊手及兩名單衣劍手，都可以聽到他粗重的呼息。

忽然林中火光大熾，原來地上那被削的火炬，已燒著枯葉，火勢很迅速的蔓延開來，未幾整座橘園都在火海中。

冷血和面前的九名對手，仍在對峙之中。

六

飛鉈遽打而至！

鐵手的眼睛沒有看飛鉈，但他用耳朵聽。

在夜色裡飛鉈雖沒有形跡可尋，用耳辨識反而清楚！

飛鉈直取鐵手臉門！

鐵手右手憑空一抓，捉住飛鉈！

飛鉈沒入鐵手手中。

但飛鉈雖在鐵手手裡，飛鉈的力道只給鐵手的手勁消了一半，另一半的威力，依然可以破膛裂肺！

就在這生死一髮間，鐵手的左手，又按住了右手！

飛鉈的巨力本將鐵手右手反挫，回擊自己前胸，但鐵手的左手一加上去，已穩住了飛鉈後挫之力。

飛鉈只有一個。

鐵手卻有兩隻鐵一般的手。

鐵手已捉住飛鉈，等於穩住了大局。

卻就在這瞬息間，唐鐵蕭像黑魔一般衝了過來，雨傘一摺，傘尖「奪」地刺進鐵手的小腹裡去！

第四回　陣亡

一

鐵手雙手按住飛鉈，無及招架，傘刃已插入腹腔。

鐵手就在這時，發出一聲鋪天捲地沛莫可禦的大喝。

傘刃刺入肉三分，鐵手全身真氣凝聚，尖刃幾乎已無法再刺進去，僅再推進了五分，也就是說，傘尖已刺入鐵手腹中五分！

同時間鐵手那一聲巨喝，劈入唐鐵蕭耳際，剎那間，宛如晴天霹靂，令唐鐵蕭一時之間幾乎什麼也看不到，什麼也聽不到。

鐵手雙手仍不能放開飛鉈，但他掃出了一腳。

他掃出那一腳是在巨喝的同時。

唐鐵蕭離他極近，驟聽一聲大喝，失心喪魂，鐵手那一腳，勾中他前腳，他張大了口，卻叫不出聲音來，身形往左側翻落。

其實這局面是鐵手用雙手制住飛鉈，但唐鐵蕭已重創鐵手，唐鐵蕭只中了鐵手一絆，按照情理看來，唐鐵蕭是大大占了上風。

但是實際情形不是這樣：唐鐵蕭右足一空，即向左側陡跌下去。

因爲鐵手代冷血應戰唐鐵蕭時，曾在冷血耳際說了一句話，這句話使到冷血改變了找唐鐵蕭爲敵手的決定。

「我找到了他的破綻。」

這是鐵手當時對冷血所說的一句話。

自從唐鐵蕭首次出現在俞鎭瀾府邸，鐵手就注意著他的下盤；第二次在謝自居行居處遇見唐鐵蕭，鐵手仍留意他的雙腿；甚至到了吊橋決戰之前，鐵手仍將注意力放在對方一雙腳上。

因爲對方行動雖然快捷，但在沉穩方面，不能算是無隙可襲。

鐵手在仔細觀察之下，發現唐鐵蕭的左足鞋是與常人一樣，但從趾型凸露看來，唐鐵蕭左腳有四隻腳趾是對蹠的。

正如川中較偏僻的地域，有一小撮的傜族、擺夷族人生來就有對蹠、蹼膜特殊肢體，而唐鐵蕭就是這樣，左腳尾趾與四趾，中趾與次趾，是分不開來的。

也就是說，唐鐵蕭的左足僅有三隻腳趾！

這在平時，以唐鐵蕭這樣的一個高手，絲毫不構成障礙。

可是此刻卻在這樣的一條飛來橋上決戰。

「飛來橋」的險峻，令鐵手退無可退，避無可避，只有在橋上硬接飛鉈，盡受牽制。

「飛來橋」卻也使唐鐵蕭自己一失足，便往深淵裡像夢魘一般掉落。

唐鐵蕭向左側了一側，左足在濕漉的窄橋上已滑出橋板，往下翻了下去，唐鐵蕭這剎那間已明白了怎麼一回事，張大了嘴，仍叫不出聲音來。

鐵手這時放開了手——不是他故意要放的手，而是飛鉈的旋力雖然已經消去，但他十指被飛鉈的震力激得又麻又痛，恰似十枚釘槌進指節裡去一般。

是以他再也握不住飛鉈，放開了手，而唐鐵蕭就帶著飛鉈，沉了下去。

這電光火石之瞬間，唐鐵蕭的身體突在半空頓住。

鐵手以雙腕挾住了飛鉈。

飛鉈的縋索，仍纏在唐鐵蕭手上。

所以唐鐵蕭沒有摔下去。

鐵手運力一抽，唐鐵蕭藉力而起，落回橋上。

然而那橋索不堪這數下震盪，麻索勒勒斷裂，橋身傾斜而坍倒。

鐵手正欲往橋首掠去，但腹部一陣劇痛，踣倒於地。

橋身斷裂，往百丈深潭掉落。

唐鐵蕭卻早先一步，挾著鐵手，掠回平地。

橋索掉落在無底的漆黑之中，那裡只有瀑布陡成粉身的地方。

長空裡空盪盪，誰也不知那兒曾有一道飛橋，一番惡鬥。

唐鐵蕭放下鐵手，在黑夜裡像一座沉默的雕像。

鐵手長吸一口氣，強忍腹中劇痛，道：「你救了我一命。」

唐鐵蕭道：「你也救了我一命。」

鐵手笑道：「我們兩不相欠。」

唐鐵蕭冷冷地道：「不！你救我在先，你勝了。我們是在對陣決戰，誰輸，誰就該陣亡。」

鐵手忙道：「我們可以再決陣一次……」他話未說完，忽覺有異，唐鐵蕭如鬼火一般的眼睛望定著他，啞著聲音道：「這就是吳鐵翼要我交給郭竹瘦去毒死郭傷熊的唐門『火鹽』，我死也要死在唐門的毒藥下，多蒙你成全。」

說到「全」字，他伸直了喉嚨，張大了嘴，仰天噴出了一圈火焰。

火焰散時，他失去生命的身軀翻落深崖。

唐門的人，不能戰敗。「小唐門」的好手，更不能承受戰敗的屈辱。

在他們而言，敗就是死。

唐鐵蕭寧死在唐門的毒下，所以他死而無怨，甚至覺得死得其所。

然而鐵手親眼看見唐門「火鹽」之毒，吞下肚子，還是正常，然後遽然發作，竟口可噴火！

若這口火是乍然噴向自己，自己也未必躲得過去。

唐鐵蕭卻沒有這麼做。

鐵手從黑漆漆如雷音的瀑潭望下去，只覺一陣昏眩，不知是悼念唐鐵蕭不屈之死，還是腹部失血過多，或是因想起習玫紅可能在郭竹瘦家中服了這曾炙焦郭傷熊及唐鐵蕭肺腑的「火鹽」！

無論如何，經此一戰之後，「飛來橋」已憑空飛去，永無蹤跡。

遠處火光沖天，照亮了晚天。

二

冷血仍在火光中廝拚。

他又搏殺了四名狙擊手。

火焰熊熊地焚燒著，橘林中的樹木乾枝發出必必剝剝的聲響焦倒下來。

人影在火光中廝殺。

冷血避過三名狙擊手的纏戰，鼓起了一口氣，向那名提議用火把的單衣劍手疾攻。

那劍手擋了一劍，退了一步，再架一劍，又退了一步，此際他驚恐地發出尖呼。冷血又刺一劍，逼得他再退了一步。

這時三名狙擊手已向冷血攻到，冷血反身迎戰，那劍手這才緩過一口氣，已嚇得魂不附體，正欲走避，倏地冷血又刺了一劍過來！

那劍手也十分高強，仍及時封了一劍，「叮」地一聲，再被迫退一步，忽然殺豬一般嚎叫起來。

原來他背後就是火海，背上衣服已著了火。

他怪叫著撲了出來，冷血的長劍迎戰三名狙擊手，自後卻飛起一腳，把慌亂中的單衣劍手踢了回去。

那單衣劍手在火海中仍想掙扎要出來，但全身著火，苦痛萬分，手足揮動之下，一株被焚毀的橘樹帶著火團往他罩下，他的慘號久久不絕於耳。

冷血這時又殺了一名狙擊手。

但他後心兀然一辣，已被一劍刺入。

他陡地一翻身，劍疾刺而出！

刺中他的是最後一名單衣劍手，他罔顧同伴之死，無聲無息地潛至冷血背後，果然一擊得手！

可是令他震驚的是，他的劍明明已刺到冷血後心，唯劍尖僅入肉三分，冷血一翻身，劍尖在他後脅劃了一道四寸長的血口，卻沒有深刺入背！

這名劍手也是十分精警之高手，在這瞬息間，他明白了爲何冷血身著六道傷口而仍能作戰，自己這一干人只捱他一劍便丟了性命，那是因爲每次敵手的兵器伏擊得手，觸在冷血的軀體尙未入肉之際，冷血便有一種超乎尋常的敏銳反應，總能及時朝著兵器來勢後仰和前趨，致使兵器入肉不深，或在兵器切肉的刹那間，橫移和翻側，甚至高躍和伏低，以至兵器所造成的傷口雖然大，流血也多，但不能深入肌理，切斷筋脈。

這名劍手在刹那之間明白了冷血的自保之法，這頓悟足以使這名劍手加以苦練後能避過多場凶險，在惡鬥中揚名。

但他卻無法避過眼前這場劫殺。

就在這頓悟的刹那，尙未揮出第二劍，冷血已一劍刺中了他的咽喉。

冷血的劍拔出，三名狙擊手又已撲近，一人以朴子刀砍中了他的左肩。

冷血沒有還手，大聲喝道：「還不快滾！」

三人怔住，火勢越來越大，三人只見同伴一一倒下，成爲焦屍，心越來越虛。

冷血一字一句地道：「單衣十二劍盡亡，你們只剩下三人，吳鐵翼根本不敢迎戰，你們在這裡討死是不是？」

三人相顧之下，現出一種極茫然的神色來，終於後退，疾退，飛退，返身奪路便走。

他們一走，冷血已支持不住，手一抖，劍一曲，支撐不住身體，「啪」地倒在地面上。

要不是一雙溫厚的大手把他扶起，挾到涼風送爽的地方，只怕冷血已沒有能力走出戰場，要喪命在火海中了。

三

鐵手在替冷血止血，冷血也在替鐵手包裹傷口，在江湖上的凶險戰役裡，他們四個師兄弟不知道多少次為對方止血裹傷了。

冷血對鐵手道：「你果然擊敗了唐鐵蕭。」

鐵手道：「那的確是難對付的敵手，我能贏他除了幸運，是因為我比他更早出手。」

唐鐵蕭雖然在對峙時引鐵手身處無可閃躲的險地，以及旋舞飛鉈待機出襲，但是鐵手遠早在俞鎮瀾府邸見面時已窺測出他的弱點，在決戰中鐵手就抓住這個破綻發動攻擊。

火勢已近尾聲。

他們需要的是一匹快馬。以他們的傷勢，難以趕路，必須以馬代步。

就算沒有馬，他們也必須趕去。

兩人互扶持著，吃力地站起來，就在這時，一陣急遽的蹄聲，急馳而至。

控轡疾馳而來的人，身子幾與馬背平貼在一起，馬鬃遮掩了他的臉目。

鐵手和冷血互望一眼，鐵手速然躍了出來，出手一抓，抓住轡韁，發力一勒，奔馬陡然被生生勒止。

馬舉前蹄，嘶鳴人立，馬上的人骨碌一聲摔了下來。

鐵手眼明手快，一把扶住來人，原來是衙役老輔。

老輔慌惑的正要拔刀，見是鐵手，滿臉詫色問：「怎麼是……鐵二爺？嚇……嚇死我了……」

鐵手問：「老輔，你怎會來這裡？」

老輔道：「是吳大人吩咐的呀，叫我來這裡，要是見到唐大俠他們，就說是大人早料到他們會勝，他先走一步。如果見是鐵二爺和冷四爺，就說……」

冷血問：「就說什麼？」

老輔說：「就說……多謝二位替他除掉分財寶的人，他先行一步了。我……也不知道吳大人這樣說是什麼意思……」老輔望著鐵手和冷血自嘲苦笑的臉色，又問：「鐵爺，冷爺，這裡究竟發生什麼事啊？這麼大的一場火……」

這刹那間，鐵手和冷血全然明白過來了。

吳鐵翼指使唐鐵蕭和參與計畫的十二單衣劍與三十八狙擊手，在橘園、吊橋跟鐵手、冷血決一死戰的時候，他乘機悄悄溜走。這一戰不管傷亡在那一邊，他都準備棄官不做，獨吞那批他一生也揮霍不盡的寶物金銀。

他們這一場捨死忘生的拚鬥，變成只是受野心家利用操縱的鷸蚌相爭！

迄此，鐵手和冷血除了相對苦笑之外，還能做什麼？

老輔看來除快嘴快舌外，也不像知道內情的人，其實，如果老輔清楚箇中情形，吳鐵翼又怎會派他前來說那一番話呢！

故此，對老輔的問題，兩人都不知如何回答的好。

鐵手只有拍拍老輔的肩道：「我們借你的坐騎用一用。」

說罷翻身上馬，一手抓起冷血馱在後面，一聲吆喝，馳騁而去。

夜風不住迎臉刮在兩人的臉上，刮得傷口熱辣辣的痛，但他們同時有一個念頭，在心坎裡熱烈焦切的呼喚：

習玫紅怎麼了？

習玫紅怎麼了？

心頭和夜色，都像凝結了的墨硯，儘管馬快如風中的狂草。

四

小屋的油燈還只是一點，但是在黑夜裡顯得格外悽楚。

馬仍急奔，冷血和鐵手已分左右躍下，撲近門邊，卻見屋內有一小女孩喜奔出來，夜色把她勻靜的輪廓映得分外清楚。

小珍！

鐵手訝道：「小珍，妳怎麼在這裡！」他情不自禁握住小珍的手，小珍指尖冰涼。

冷血急忙問道：「玫紅姑娘怎麼了，她——」

一面說著，不待小珍回答，已搶入屋內。

屋內小燈如豆。

冷血一眼就看見習玫紅。習玫紅伏在桌上。

冷血愴心呼了一聲：「玫紅——」忽見習玫紅伏著的烏髮動了一下，抬起頭來，惺忪著令人動心的媚目：「誰叫我——我又睡著了？」

冷血楞在那裡，雖然高興，但不知道如何表達。喜悅令他完全忘掉了身上的痛楚。

鐵手頓覺放下心中的千鈞重擔，問那喜悅清秀如小兔子般的小珍，道：「郭竹瘦呢？」

小珍用纖秀的指尖一指，「死了。」

鐵手和冷血望去，只見角落處倒了一個人，嘴張大，口腔焦裂，正是郭竹瘦。

鐵手不解：「怎麼？」

小珍笑的時候兩道秀眉揚得采飛，「我炒菜的時候，發現那些鹽有點古怪，正待細察，卻給郭……捕頭劈手搶去了，然後，他先敬我們酒，我們不喝，他又敬茶，我覺得有些可疑，便趁他返身過去的時候，用他給我們的酒杯掉換了他的杯子，他在用酒來敬我們茶的時候……」

「嘩！」習玫紅拍拍心口叫道：「嚇死我了，我剛要喝，他便慘叫了起來，滾來滾去的，不一會嘴裡還噴出火來，噴火哩！後來便……」說著用手指著郭竹瘦的屍體：「便這樣子了。」

說著又伸了伸舌頭：「誰還敢去喝那茶！」

鐵手向小珍笑道：「好聰明。」眼睛裡有比燈火還溫暖比夜色還深情的笑意。

小珍笑道：「才不。」白皙的脖子都紅上耳根了。

習玫紅笑嘻嘻的問：「我呢？」

「妳？」鐵手笑道：「妳幸運。」

「這就好了，」習玫紅十分安樂地舒了一口氣，「我最怕用腦，一動腦筋呀，頭就疼死了，就想睡覺，只要幸運，那就夠了。」

她向小珍笑嘻嘻的說：「聰明，給妳！」她指指自己的翹鼻子又道：「幸運，給我。」

小珍笑啐道：「由得妳分的呀？」

習玫紅轉首問冷血：「怎麼啦？你們的案子結了？」

冷血苦笑搖頭，「算是結了。」

習玫紅睜大眼睛問：「結了就結了，怎說算是？」

冷血啞然。鐵手代答：「案子是解決了，但主要元兇之一逃了。」

習玫紅皺起了柳眉，「所以你們又要匆匆忙忙追他去了？」語音很是寥落。

冷血搖首：「追不上了。」

習玫紅喜道：「對呀，不要追了，由得他吧，得饒人處且饒人嘛。」

鐵手接道：「不是由他，而是那人逃在先，我們要追緝，實沒有多大把握。有一個人到了附近，我們飛鴿傳書，請他去追捕，就一定能成。」

習玫紅有點不相信地道：「有人比你們的本領還大？」

鐵手笑道：「他的追蹤術與腿法本就天下無雙。」

他望向冷血，兩人都笑了起來，笑聲使僅有的一盞小燈的木屋更洋溢著爐火一般的溫暖。

冷血道：「他是我的三師兄。」

冷血的三師兄，即是鐵手的二師弟，同時也是「四大名捕」之一的追命，他們四師兄弟的感情就如寒冬中爐火裡的一堆熱炭一般親。

追命近日因爲要辦案，也進入兩河一帶。

習玫紅聞言拍手喜道：「好啊，你們可以不必辦案了，可以陪我踢毽兒、捉蟋蟀——」

鐵手向冷血道：「不過，我還有一事要辦。」

冷血問：「什麼事？」

鐵手道：「你有沒有注意到，我們策馬趕來之際，那河上的漁火和岸上的篝火對閃，一光一暗，一明一滅一共三次，我想可能有什麼勾當進行，我去查查看。」

習玫紅眨著眼睛說：「你去好了，」轉首問冷血：「你呢？」

「我？」冷血苦笑道：「我要去大蚊里。」

「大蚊里？」習玫紅奇道：「難道去餵蚊子？」

冷血一臉正經地道：「去查咬死人的蚊子。」大蚊里出現咬死人的事情，冷血是在謝自居所提供郭傷熊承辦的案件中找到的，那是一種相當詭奇的案件，在當時就引起冷血強烈的興趣。

「咬死人的蚊子？」習玫紅嘆了一口氣，道：「那我也去。」

小珍笑得靈靈巧巧的問：「咦？三小姐，妳不是最怕蚊子咬的嗎？」

習玫紅向她眨了眨嬌媚的鳳目，反問：「難道妳不怕吹海風？」

兩個小女孩都用秀氣的手掩著沾了花間露汁般的紅唇，開心地笑了，頰靨飛起了少女令人動心的緋紅。

鐵手與冷血對望一眼，彼此望見對方眼瞳裡的兩點燈光。

稿於一九八二年一月七日
八二年度首篇完成的作品
校於一九九一年二月廿五日至三月七日
與梁、何七返馬探母病（2nd PART）
再校於一九九七年二至三月
與梁應鐘、何家和三人聯心一口氣運勝八趟，
歷盡挫折、艱辛，從慘輸一百七十餘萬至扭轉
乾坤倒贏六萬後金盆洗手，證實最後勝利後絕
不沾賭。人生快事，莫過於此矣。

後記

從清道伕到打更佬

溫瑞安

我以前的武俠小說「幾乎」沒有女主角。中國武俠電影大師張徹，他的作品裡有一種別人無法模擬的陽剛之氣，女主角往往只是「點綴」或「陪襯」。也許少年時看他的片子較多，受了他的潛移默化。但在我新近的作品裡，不能免俗也不想免俗地有了女角；而且常常不只一個。常常寫到告一段落的時候，拿給楚蟬衣看，問她對這個人物的印象如何，聽了她的看法，再寫下去，雖然，她比較唯美，很多意見我不一定同意，但對我下筆有一定的影響。

武俠英雄喜歡塑造英雄美人，因爲他們的生活多姿多采，而且性格往往極端化，遭遇也十分奇特，事實上，捕役衙差在江湖裡是不可或缺的人物。一個英雄可以暫時不做英雄，但一個捕頭不能不管「閒事」，因爲那就是他們的「正事」——當然，也有比強盜還不如的捕役官差，這也是小說裡的好材料——而且在黑白正邪之間選擇，也比任何「武俠中人」更尖銳逼切。

除了《四大名捕》，最近我也寫了各類不同層次人物的故事，譬如相士李布衣、醫師賴藥兒、貧寒子弟關貧賤、遊俠納蘭、白衣方振眉、七大寇的首腦沈虎禪、內廠高手、朝廷高官、東瀛武士、世家公子等。英雄俠士、武林豪傑的故事太多，其實，江湖的運作還是清道伕到打更佬維持的。

當然，在古代很多東西都不是書裡所寫的情形，他們不是這樣的談話，不是這樣的戀愛，思想方式也不是這樣子的。如果撰寫歷史的時候犯這種錯誤，是不可原諒的，但寫小說卻不需要如此嚴格的限制。現在讀者讀武俠小說，不一定爲了重溫古典的氣息，可能更重視的是傳統裡如何注入了現代的精神。古代的人失戀會很傷心，現代的人也是，雖然失戀的方式、表達、反應都不甚相同。從前的人恨一個人想殺了他，現代的人恨一個人的時候也會有這種想法，不過幸好人有理智，知道這樣做無補於事，社會上有法律保障，有警察維持治安。古代捕快也站在這同樣微妙的位置上。冷靜而聰明的讀者都知道，武俠小說常是假借法理來不法。俠是替天行道，其實他也無權殺人，而在小說裡的辦案過程中，捕快在執行任務時造成的殺傷與破壞，往往是逾越了他們的職權，甚至是不合法紀，相當個人英雄作風的。

這是一種諷刺，對作者和讀者都一樣。「儒以文亂法，俠以武犯禁」，在武俠小說裡，這兩件事合起來變成同一件事。

稿於一九八二年八月五日新加坡

新明日報匯來《神州奇俠》稿酬

校於一九九一年二月八日至廿三日

七返馬照料母病侍疾（3rd PART）

重校於一九九七年四月十六日

濠江小挫

康凌重歸，我派壯大，趁機戒賭，秣馬厲兵，

徐圖進取。

請續看《開謝花》

附錄

【高手中的高手，溫瑞安訪問記（三）】

·不平激人義憤　愛心使人善良·

溫瑞安：其實武俠可以是很寫實、很真實，也很現實的。

爲甚麼「俠」一定要那麼遙遠不可及?「武俠」二義，「武」是「止」「戈」，是以暴易暴，或以武力的手段達致和平的目標。至於「俠」，我的定義是「知其不可爲而義所當爲者爲之」以及「偉大的同情的結合」。我一再強調：「知其不可爲而爲」不是俠，因明知道殺人放火、打劫銀行是犯法的也是「知其不可爲而爲」，重點是「義所當爲者」才「爲之」。「武俠」其實並不暴力、血腥，而且，重點在於「俠」，俠是目的、內容、理想，武不過是手段、過程、形式。

「俠士」其實也絕非只有古代才出現的人物。「俠」其實就「活」在我們身邊。一個好的「記者」，他本身可能就是「俠」，因爲他勇於表揚良善的人們，揭露社會的黑暗，不惜冒險犯難，承受壓力。一個好醫生，也可以是一名俠者，有時候，他知道病人太窮困，他不想多收額外的金錢；有的時候，他曉得病人已病入膏肓，但他故意說他病情並不嚴重，安慰對方讓他有鬥志與病魔搏鬥。一個好律師，也可以成爲一名俠者，他爲受害受欺的人力爭公平，受到不合理、不合情、不合法對待的人還他公道、自由！一個好學生，也同樣可以是一位俠者，他在教室之外還幫助同學、師長、愛護學校家園，還能盡人子和回饋社會的責任。上個月，香港有個人看不開，跳樓自殺，結果，給一個學生及時抓住了腳踝，那人沒跌死，學生卻扯脫了肩膊。有記者問他：明知這樣力扯，嚴重的話可能一齊掉下去，你不怕啊？他答：怕也要救人啊。他抓住對方的腳時，肩臂痛得要命，可是他仍不放手。爲甚麼？因爲一鬆手，一條人命就「碰」的一聲，沒了。對，這就是「明知不可爲」，但「義所當爲者」爲之了，雖然只是件小事，但在要害關頭，他出手了，而且還死不放手，因爲一鬆手，有人就要死了。武俠小說就是寫這個。這叫「逆境中的人性」，也叫「歷劫中的真情」。

像上述的例子，其實很多。香港有，台灣有，中國大陸也有，新馬有，全世界都有。這就是俠義。站在俠的對立面就是邪惡。俠在民間特別活潑，特別盛行。俠是活在民間的。我認識的一位郵差是俠，他可以爲了一封地址不清楚的信多跑了半天，結果讓一個急於收到這封信的人終於及時收到信裡的信息。我知道的一個屠夫是俠，因爲他長時間賣豬肉給一個寡婦，明明是半斤，他卻給了一斤，寡婦不知道，但他同情她喪夫，而且有三、四個孩子要撫養。他不是貪圖她美色，事實要是那屠夫男扮女妝可能還比她美，這些都是無私的付出。所以地產代理可以是俠，保險經紀可以是俠，清道夫可以是俠，建築工人也一樣是俠，陳乃醉可以是少俠，舒展超可以是俠士，何包旦亦可以是女俠，阿狗阿貓只要有行俠心、俠義精神，一樣是俠，只要他們本著良知做事。

俠當然不是穿白衣、騎白馬、老是拿著一把劍滿街走，袋裡的錢——不，錢還賺太重了，通常用銀票，而且是一萬、十萬兩銀子一張的那種，比現在的信用卡還方便、管用——花也花不完，不用洗澡，不必如廁，卻一住客棧必定打鬥，一傷心就大碗喝酒，奇怪的是老有絕色美女喜歡。那不是俠，那才虛幻。我的小說裡的「俠」永遠不是這種人。

然而，「俠」確存於民間、市肆、現實裡。我說過：俠可以是怒目金剛，也可以是低眉菩薩。

葉浩（以下簡稱「**葉**」）：所以，你當年故意寫《白衣方振眉》，就是應合了俠是如神仙般中的人物，白衣不沾墨，老是兵不刃血的替老百姓出頭，決疑解厄。但又另行塑造了一個《黑衣我是誰》，反襯白衣方振眉——你還故意寫他在蹲茅坑時遭大包圍，最後還利用糞坑裡的蒼蠅佯作暗器，才殺出重圍呢！他們就是你筆下的「市井大俠」、現實人物吧？

依：《黑衣我是誰》……該不是成龍那部《我是誰》……？

葉：你在作夢啊？當然無關。溫大哥大約在一九七七年時已寫完了《白衣方振眉》幾個故事，並在台灣以「武俠文學」系列推出，當時，一般武俠小說只是簿本在租書店裡租借，就連金庸小說也只在台灣「地下傳閱」，古龍作品亦未正式正規推出。《白衣方振眉》和《四大名捕會京師》可謂是第一批在台灣堂堂正正推出的

「武俠文學」單行本呢。成龍拍《我是誰》可是二十多年後的事。

溫：是的，當時我記得是「長河」出版社出版，負責人是林國卿、蘇拾瑩。書一推出，高信疆兄立刻予以高度評價，邱海嶽兄還千方百計打聽到我住處，在一個風雨晚上親自上來約稿。現在說來，還是感到光榮。

王：真正的知識份子講究良知，其中也有俠者吧？

溫：有，多的是，不勝枚舉。儒、俠是並稱的。有俠心、能行俠者便爲俠，從這個角度看來，司馬遷、班超、范仲淹、蘇東坡、辛棄疾、方孝孺、文天祥、史可法、譚嗣同莫不是俠，也是「儒俠」。但現代中國知識份子論俠，老是喜歡從「遊俠列傳」引起，說了一大堆，結果總在《漢書》、《通鑑》、《唐人小說》裡繞圈子，老是說古人怎麼論俠，把遊手好閒、拉幫結派、恣意妄爲、好勇鬥狠的流氓、癟三，也當成「俠」論，論到天亮也抓不著頭緒、拿不著邊際，這是食古不化，拘泥於前人則使己不能前之惡例。

其實，現代人可不必管這一套，我們自行爲「俠」定義。國民柔弱，需要俠士。國勢羸弱，更需俠氣。國家積弱，需有俠運。作爲大國公民，強國百姓，俠骨柔情，都要兼備。可惜現代知識份子貪生怕死，急功近利，勢利量狹，扭扭捏捏，裝模作樣，矯情虛飾，儒者懦多，俠者少矣。

不平激人義憤，愛心使人良善，俠者兩者俱備。俠在人情上拈花微笑，在義氣上則如獅子出窟。

葉：所以你才在一九七六年在台出版了《今之俠者》，還要打算寫「今之俠者」系列故事？

溫：是。俠本就活在今時今日。俠是現實裡的英雄。其實先前流行過的「英雄電影」，及剛流行過的「流氓電影」，還有今天在香港崛起的「蠱惑仔片」，都是「俠」的「現代化」，你就別說了，受到外國注意的，屢獲大獎的，過去是武俠片，例如胡金銓的《俠女》等作品，現在也是英雄片，諸如吳宇森的《喋血雙雄》等部。我寫《今之俠者》，早在二十年前，可惜迄今志願未酬，人多約我撰寫古代武俠小說，卻不知我的興味中心興趣重心，早已移情至「今之俠者」的建構上——就算我在寫古代的故事，也是以現代的情感與筆觸。

我要寫的是有創意的，有思想性的武俠小說，我無意重複前人作品。非大成，即大敗，我沒時間去濫竽充數，也不想不死不活。活著就要痛痛快快。沒有俠情，寫不出虎虎生風的武俠小說。

·我既非古人，亦不是來者　我是自成一派·

王：那歸根究柢，還是我早前的問題：你還會不會寫下去？

溫：我接受這問題的追擊。追擊得好，我只好回身應戰，面對問題。我且把問題倒反過來，先行審視本來讓我持續寫下去的理由還充不充份？如果可以一一刪除，那就不具備我寫下去的條件了。

一是我對寫作的興趣。對寫作、文學，我始終不忘情。但我讀書相當廣泛，幾乎每隔兩個月就苦研一、兩種新的學識（**葉浩**在此時接了段話：「我就知道近來溫大哥正在苦讀《阿含經》，又研究超微子振波的理論，且在練習『佛門觀音氣功』和『流水不腐導引十八法』，與溫大哥相識十四年，一直都發現他勤奮讀書，而且不斷往新的領域推展。」），我還在修習水晶念力、冥想、瑜珈靜坐功法和右腦嗎啡分泌的結合呢！我就是沒有學問，所以只好勤奮多唸點書，我就算繼續寫作，且要滿足創作的衝動，也不一定要寫武俠，我大可以寫文藝、言情、推理乃至科幻小說啊（**葉浩**又接著說：「你的《群龍之首》就是結合了科幻的武俠小說。」）！

此外，就算要寫武俠，我也可以寫剛才所說的，以現代爲背景，把「俠」的觀念，推廣、根植到現代來。事實上，我小說的詞藻筆觸，傾情於現代乃多於古代。

二是經濟問題，還好，過去的書，仍在再版中，況且，我也有別方面的投資，還算有點收穫，不一定要靠寫武俠小說維生。

三是接班人問題。我在很早的時候已爲培植下一代武俠小說接班人而盡力。我誠不欲武俠小說就在我們這一代人手中斷送、絕滅。對「前無古人，後無來者」這種話，我很不喜歡，一個真正的大師，應該承先啓後，不該斷絕香火的。我既非古人，亦無意當來者，我只是自成一派。幸好，在這方面，以前的「漢麟」于志宏先生，後來「萬盛」的王達明先生，還有「皇冠」的平鑫濤先生，以及現在的「萬象」林維青先生，都做得相當好，有計劃的推出武俠作家的代表作，台灣的《高手》雜誌和香港「皇冠」出版社麥成輝先生還分別舉辦徵文比賽，重金大賞鼓勵新一代創作人參與寫作行列，中國大陸的李榮德、曹正文、沈慶均、章培恆、陳墨、周清霖、卜鍵、劉國輝先生都一直盡其所能去發掘、栽培新人，功德無量。大陸、香港、台灣乃至新馬，近日也出了不少武俠健筆，希望他們能不只好好的寫出一個武林，還能寫出一個天下來。

那剩下來的是責任問題了。我大部份的書，都還未寫到結局。有的寫了二、三十年了，有的寫了四、五十部，忠心的讀者有的始終不肯放棄，新銳的讀者又願意重新追看，我若不把它完成，或者至少告一段落，那我實在對不起這些年來讀者的付出、期待與錯愛。讓我寫下去的原動力，就以這點爲最。

王：所以，如果你還寫下去，主要是要給讀者一個完整的交代？

溫：至少，我會爲這一點盡力。何況，武俠仍確使我動心、激情，而俠義故事更振奮人心。我更注意的是俠義中的情、俠義中的義：成功偉大、失敗悲壯，都不及情感的美麗感傷。

·隨緣即興　隨遇而安·

李順清（以下簡稱「李」）：我們都知道您出道甚早，雖然年紀仍輕（溫大俠打趣說：「我只敢承認是『少壯』。」），剛四十出頭嘛，對作家而言，是創作力最鼎盛之時，如日方中嘛。您在五十年代出生，六十年代已在新加坡、馬來西亞享有盛名，七十年代到了台灣，風頭一時無倆（溫大俠又調侃說：「所以下場淒涼。」），到頭來是「樹大招風」。到了八十年代，又出名出到了香港，紅極一時，進入九十年代，您又火紅席捲了中國大陸、神州大地，惹得千萬讀者如癡如醉。我發現您好像每十年就有一次大進擊、大突破（溫大俠又詼諧的說：「希望不是十年一劫就好。」）現在已是一九九八年了，就快進入廿一世紀——您打算再攻取甚麼國家？地區？進軍國際，還是密謀大計？

溫瑞安（以下簡稱「**溫**」）：沒有大計。我想你說的「進軍」、「攻取」，是指我的作品市場銷向，要不然，光是你這個了不起的「提示」，又得害我坐上十年牢！至於我的大計就是：隨遇而安，就是溫瑞安。隨緣即興，就是我大計。我如果要「進軍」，就「進軍」美羅埠火車頭。那是我出生地。我出生在馬來西亞霹靂州美羅埠小山城的火車站那兒，那兒當時大概只有百來戶人家——說實在的，在那兒沒甚麼出路，只怕現在也如是，看書的人少，只怕寫作的人更絕無僅有。我想向那兒進軍——不，回饋。我祖籍則是廣東梅縣，向那兒「回饋」也合情合理，只可惜迄今還沒機會回去過。這就是我廿一世紀大計劃。如還有大計，只不過想跟在我身邊、在我社內表現出色、有志氣奮發向上的年輕朋友，能替他們力謀出路、賺多點錢、能遂理想、奠定基礎。原因無他，不是偉大，而是他們對我好，當我是他們的真正「大哥」，我也對他們真心的好，作為回報罷了。

有記者道聽途說，說我的朋友有些「缺乏社會生存能力」。呸呸呸，大吉利是。言重了。他們既不癱又不廢，縱廢了癱了也鬥志不懈，我筆下不是有名捕無情、病君蘇夢枕和獨臂戚少商嗎？最近還寫了瞎子「對神」和聾啞人「錯鬼」呢。他們都很厲害，殘而不廢！（大家莞爾）我光是香港社友，就有助手葉浩、何包旦、陳乃醉、劉靜安、康呼晴等幾位，莫不是能寫、能拚、能打、能熬、能做事的人，他們不是世界遊遍，就是神州跑遍，反應快，效率高，肯用功，肯學習的年輕人，有的賺錢比我多，有的寫作比我勤，有朝一日成就也比我大！像何家和、梁應鐘、陳念禮、劉動這些本來就習慣「四海為家」跑碼頭的人才也會在「社會上不能生存」？真是滑天下之大稽了！有本領說這是非的人不妨過來跟我們到處走走看、比比看，看誰先活不下去？

李（試探地）：我們都知道「貴社」——「自成一派」裡猛將如雲，他們有的還稱您是「教主」，還是您自稱？

溫（哈哈大笑）：教主？當然，我不是教主，誰是教主？我可是「睡覺」的「教」主！哪有這回事，你中了傳媒的毒了。但有一點倒沒虛傳，確是悍將如雲。我社裡年紀最大的已七十多歲，他老人家客氣，有時也稱我作「大哥」。我老師黃漢立先生德高望重，在氣功界裡有無可取代、一代宗師的修為，但也稱我為「兄」。以前台灣「神州社」一位俠義好漢台南沈瑞彬先生（即是詩人忍虹昇），空手道黑帶三段，兼修各種武功，亦稱我為「大哥」（**葉浩**在旁「插播」：溫大俠的姐姐也一樣叫他這個大俠弟弟做「大哥」，有時還失口叫了「爸爸」。大家聽得大笑），那不是因為我有甚麼了不起，而是他們同情我、支持我、鼓勵我，看我恨做「大哥」恨得發燒，意思意思叫一聲來「安慰」我（**何包旦**馬上加鹽加醋的抗議起來：「哪我們呢？我們社裡社外，都習慣尊稱他為『大俠』、『大哥』。因為我們衷心佩服他呀！連他早前的女友白靈，也常失口叫成了『爸爸』呢！」大家聽得大樂。**葉浩**又補充了一句：「他以前還有個分了手的小女友敏華，也常一失神間叫他做：『爸！』還有連伯母——溫大俠的媽媽——生前也偶爾叫溫大俠做『大哥』呢！」眾人聽了笑得直打跌不已）。我看不要再例舉下去了，越描越黑了。你們也不要再提我過去的女友了，我已快「嫁」不出去了，給你們一鬧，人家還以為我是「失戀專家」呢！我現在已有固定女友小靜，以前只好統統「報廢」：總之，我有責任感，肯揹黑鍋，不逃避，不諉過，每次社裡有事，社員總平安，我倒次次「斷正」（即「遇禍」），所以大家就給我一頂「高帽子」，要我繼續揹鍋子別砸破了，如此而已。可別再取笑我了。一聲「大哥」，代價可大呢，以前無端「坐政治牢」就為這個，下回我叫你好了，大哥——！（大家忙搖手甩頭不已）

．現在的小眾在質量上往往高於以前的大眾．

不過，社裡人才是多，光是在香港，亦懷、孝廉二兄是執業律師，張聖勤是老中醫、孫益華是西醫，又是香港前扶輪社主席，舒展超是香港一份雜誌的出色總編，還有幾位是教師、講師、教授，余銘、陳美芬都是不同出版社的主持人，方娥真的文學成就比我大，清譽也比我高，湘湘、商魂布、小華都是出色作家，雲舒、寂然、立忠、王巍、心怡、淑儀、志豪都是文壇新秀，其餘編導、編輯、記者不勝枚舉，連在拍戲的演員、影星都有我們的社友，這裡不好一一列明，掠人之美！有的是經商，有的開時裝店，還有的是地產、股票經紀，總之各行各業都有我們的社友。若臚舉台灣社友，有些人只怕大家都耳熟能詳。譬如林燿德先生，他在文學界、評論界都有非凡成就，品學兼優，尊師重道，提攜後進，能言善道，加上博學博識，作品又多又精，是個全能寫手，也是個難得一見的全面高手，惜天不假年，天妒英才，英年早逝，我爲此痛心了許久，到現在還時時不能釋懷。像他這種出色人物，實不多見。他曾是當年台灣「神州社」精英新秀，直到他逝世前仍是「自成一派」在台大將。另一位是時報攝影組的胡福財先生，他秉性淳厚，但又富機智、幽默，他的攝影作品和在電腦繪圖方面的成就，都是光燦耀目的。他也是從「神州社」到「朋友工作室」的「元老級」人物。我想，還是不必一一舉出姓名來吧，要不然，又「片長十二大本」，像古龍筆下「百曉生」的「兵器譜」，又像我以前在台灣木柵辦「試劍山莊」時的「雌雄榜」了！

陳國陣（以下簡稱「**陳**」）：聽說，您現在的「自成一派」裡的社員，橫跨香港、台灣、新加坡、馬來西亞，還有中國大陸？

溫：都有一些。連在美國、澳大利亞、加拿大、日本、韓國、紐西蘭、德國、英國……都有幾位或一、二位代表。他們大部份都是我的讀者，因讀我的書才從不識而相交、相知，有的是從香港、新馬移民過去的老朋友，有些還只是神交未謀面，或由我身邊弟妹代為聯繫，對武俠精神都有深愛和抱負，希望為推廣「俠義精神」而盡一分心意。

王鳳（以下簡稱「**王**」）：這樣聽來，好像後現代武俠小說的陣容鼎盛，方興未艾。——我剛才是大致請教過了，但現在還是要一再踏實的問您溫大俠一句：您認為武俠小說還有讀者嗎？我這樣反覆的問，是因為一般讀者和作者最關心還是這個問題。

溫：那我再次面對這個問題。不錯，武俠讀者不比以前狂熱，這是事實，只要看武俠作家比以前銳減，就可以見其一斑。有甚麼樣的市場需求，就會出現甚麼樣的貨品。以前缺少多樣化的娛樂，大家集中看書；現在各種娛樂媒體競爭白熱化，還闖入家庭住宅，輕便刺激，書報雜誌自然給冷落，武俠小說更算是「冷門」。可是話分兩頭，不可只見其一端，更不必太悲觀。娛樂媒體千變萬化，正好與武俠小說可資利用、重新結合的機會。以前只看武俠小說的人才注意武俠小說，現在不是了，也不止了，看電視的、看電影的、看錄影帶的、看LD的、看VCD的、以及看各種各式各樣各類玩意的，乃至於電玩的、打機的、看漫畫的，或甚麼都不看，只聽廣播的，聽影視主題曲、插曲、流行曲的，甚或只聽人胡說的，都難免對一些武俠人物、情節、武功、招式乃至作家一知半解，甚至耳熟能詳。

這代表了甚麼？這就是寰宇頻生新事物，與新的媒體產生了新的結合、揉合，又迸綻出更光采動人的火光、光芒來。以前沒有那麼大的競爭，所以低速度、慢節奏的武俠小說如平江不肖生、還珠樓主的作品，有大量捧場讀者，而今競爭白熱化，多采多姿，目不暇給，但武俠一樣跟新的快的電子媒介重新組合、演繹，可不是嗎？趙煥亭的《火燒紅蓮寺》等段落，李壽民的《蜀山》，不久前還不是在大小銀、螢幕重拍、重映、重播麼？

況且，現在寫作人也不要老是怨艾「時不我與」。以前都武俠小說是「大眾讀者」，比起來，現在只是「小眾」。但大家要清楚一點，世界人口暴增、文盲劇減，就連中國大陸也如此。何況，在一九四九年後，台灣有「暴雨專案」、過去大陸的武俠名著，不能在台灣公開讀到，讀者只一知半解。但近十年來已經開禁，不成爲禁忌了，一下子，民初武俠佳作大量在台灣傳閱，讀者才明乎武俠傳統的始終根本，推動這件偉舉的葉洪生諸君子功德無量。大陸武俠小說出版也在近年開禁，巨量的港台武俠小說也湧入神州民間，試想想，這在總體市場上，拓大了多少？遽增了多少呀？何況，現在的「小眾」在質量上往往要比以前的「大眾」好多了！就算是「小眾」，大陸十二億人口，加上台灣二千多萬人口，還有新、馬各地華人，加起來的數字，只怕也以千萬乃至億計，這還算「小眾」嗎？這還可以稱作「沒有市場」麼？何況，尤其像大陸一些未完全現代化的地區，其他娛樂、電子媒介還未盛行開來，閱讀仍是主要消遣，而歐美一些地區華僑更鮮有機會接觸中文，思鄉情切，武俠小說成了他們主要的精神糧食與寄託，實在是無量功德呢！何況，任何電子媒介，影視劇集都取代不了文字所帶來的思考性和深層震撼、長久感動。所以，寫好武俠，好好寫武俠，不要爲了餬口，或以爲沒有人認真看，就把它寫壞了、把它毀了，有時候，它「潛移默化」的影響力，可要比正統文化還高大、深遠呢！可別小看了它！

‧寧可因戀愛而受傷　決不因怕受傷而不戀愛‧

陳：這番話令我們茅塞頓開，看來，您對武俠小說是抱著十分樂觀的態度，真不愧是當年香港《武俠世紀》雜誌譽爲「後武俠時代的創始人」，果然有掌門人的大無畏氣派，讓我們這些武俠迷也受到影響，對武俠小說的前程也樂觀了起來。

溫：不好意思，這裡面有點誤解，稍有出入。我以前在台辦神州社，師妹王美媛對我長久理解之後，有一句評語：「溫大哥是個積極而不樂觀的人。」我認爲說得很對。我只是積極，但並非太樂觀的人。儘管不太樂觀，但我仍不改其積極，盡力去做好它、完成它。我享受過程，成敗起伏都刺激好玩，並不期待高估收成和結果。所以我很快樂、自足。我是個「傷心快活人」，注意，不是「開心」快活人；儘管傷憂，但不改其樂。多少年來都如是。正如人一旦戀愛，就極容易受到傷害，不管「戀愛」（或曰「執迷」）的對象是甚麼。但我寧願受傷一千次，也不願怕受傷而不致去戀愛。也許戀愛的結果是婚姻。有人認爲那是圓滿，有人認定它是墳墓，但我只欣賞享受戀愛中的人投入過程裡的甜酸苦辣、悲歡離合，愛過才是真的活過。

我不介意人稱我爲「大哥」，你叫了我就應，連「大俠」我也照應不誤，哪有甚麼？只不過是一聲稱謂而已。他們這樣喚我，可能是因爲我善待他們。他們欠我情，可能是因爲我年紀大（席中又有人抗議，溫大俠示意制止），同情我安慰我，或者對我各種特性中有一、二處喜歡的、尊重的，又或因常看我武俠小說或新詩，故有這種稱呼。我也一樣對我佩服的人喚：「老師」、「俠兄」、「學長」。最好笑的是有人叫我「溫巨俠」，那是來自我在「說英雄•誰是英雄」故事中的一個活寶貝人物，叫做「唐寶牛」，記住，是「唐寶牛」，不是台灣以前女明星唐寶雲（眾笑不已）。他喜歡吹噓、愛吹牛、老擺架子、愛充當大俠，當大俠他還不心足，他要當「大俠中的大俠」，無以稱之，故自稱「巨俠」：唐巨俠！我是借這個人物來諷刺一些人自高自大的嘴臉。不過，小說中唐寶牛本身還是講義氣、有正義感的人物。結果，朋友用這稱號來叫我「溫巨俠」——我也欣然受之，敢情他們是來諷嘲我的吧！有時，我還以「巨俠」自稱，自得其樂也！管他的！

我筆下武俠小說的主題，常常是反權威、反暴力、反英雄——我只不反俠義，而推崇真情。所以，我本身也討厭甚麼盟主、教主、掌門人，而崇尚自由自在自得自然。我才不要甚麼無敵，無敵就是——天敵，我在「說英雄・誰是英雄」故事第八部《天下無敵》中就是用一部書來反諷這種求「無敵」的可笑心態，我更不想當天下第一——天下第一太辛苦了，當要接受他人的挑戰和不同的考驗，爲這麼一個名頭，值得嗎？我在「說英雄・誰是英雄」故事前七部《溫柔的刀》、《一怒拔劍》、《驚艷一槍》、《傷心小箭》、《朝天一棍》、《群龍之首》、《天下有敵》裡常出現一個反派人物：叫做「天下第七」文雪岸，他就聰明得多了，只願當「天下第七」，不肯當「第一」，所以，他當反派也當得很成功、很自在，整整佔了七部書四百萬字都沒有死，還越來越身踞高位。其實當「天下第七」也不錯啦，天下那麼大，人材那麼多，當「第七」已非同小可了，又不必承受那麼大的壓力。你們看，他名字叫「文雪岸」，要是把我名字用英文音譯，再轉譯成「文雪岸」也一樣是通的。「天下第七」直到第七部《天下有敵》才告傷逝，是因爲這位先生已開始不守本份，要越位踰份做大事，才有如此下場的。

這大抵是一種自我表態，也可用作自我惕戒。各位在臧否我爲人時，也不妨作個參考。

我在初到台灣不久，大抵是一九七七年的時候，當時仍在日本的胡蘭成先生給我捎來了一封信，大意是鼓勵我奮進，裡面有一句：「君若願爲天下人之師即能爲天下第一人耳。」我看了心中有點委屈，我根本就不想當「第一人」。現在年歲大了，這種想法更強烈多了。

王：聽您這麼說，您是個徹底的「自由人」了——更何況您文武兼修，保養極好，看去最多只三十出頭的「鑽石王老五」哩！

溫：「沒有道德的人是個最自由的人」，我不行，我還是有道德的，且歲月越長，越有道德觀念。比起來，年少時要不像話些。所以我還不算是個「徹頭徹面」的「自由人」。我也不想做這種人。我認爲值得追求的自由都是自律、自制和自然的。

我也不是「鑽石王老五」，只是「王老五」。我買不起鑽石，但有幾房子的水晶、奇石。（突發奇想地）不如，叫我「水晶王老五」好了，我喜歡水晶，又有修習水晶念力氣功。或者叫「大亞灣核電王老五」也行，至少，威力猛些，人皆聞名而色變，望風而逃，見之而竊笑也！老實說，不管是甚麼樣威力強大的王老五，我都不想當下去，我寧可當「王小石」。

李：說起「自由人」，我大約在十年前曾在香港逗留過一段時期。那時候，您正好撰寫「少年冷血」系列，在自由人集團漫畫公司推出，是第一個把武俠小說發行到街邊書報攤的作家，引起極大的反應、轟動。由於忙碌的香港人極少去書局買書，街邊書報攤就成了熱門碉堡，但因爲香港地窄人稠，能擺放書籍雜誌的地方極少，所以份外珍貴。但您的書卻打進去了，且一下子賣完了，後來，馬榮成、黃玉郎、劉定堅他們都既出漫畫又每月一書，都是模仿您的構想，之後好像黃、馬、劉以及馮志明的作品版權問題，都有涉及您的構想，我們更知道香港有很多武俠漫畫其中內容也有不少抄襲自您的，至少也有您作品濃厚的影子，但他們卻偏裝說是來自金庸、古龍的橋段，沒這個風度面對現實，可不可以跟我們說說箇中內幕？

溫：內幕？沒有內幕。世上本無事，庸人自擾之。玉郎公司在八十年代初所出版的一些漫畫，的確有改編自我的武俠小說的，連作者都跟我在私底下承認了。但在一九八五年時，黃玉郎請託蕭若元，蕭若元轉託黃鷹（他本來也是一位相當優秀的武俠作家，惜英年早逝）找到我，要我過去談合約。我跟黃玉郎相處，大抵上都很愉快。我覺得他是個相當不錯的漫畫界領袖，是從基層打上來的，洞悉人心幽微，親切和善，沒有架子。至於他公司旗下好些作品有「抄橋」之嫌，這件事，衝著他面子，也就過去了，不必再提了。

風雲精選武俠經典　編為臥龍生精品集

天香飆

臥龍生—著

臥龍生與司馬翎、諸葛青雲並稱台灣俠壇的「三劍客」
台灣武俠小說界，臥龍生獨領風騷被稱為「台灣武俠泰斗」
臥龍生是台灣著名武俠小說作家，也是海外新派武俠小說家一員

《天香飆》一書題材獨特，其故事之精警生動，寓意之發人深省，
洵為當代武俠說部所罕見，堪稱是悲劇中的悲劇！

——台灣武俠小說研究專家**葉洪生**——

要知半生作惡，已成積習；想放下屠刀，談何容易！非有極大的智慧、定力莫辨。何況一個人驟然間去惡向善，既不能獲得武林正大門戶出身的俠義中人信任，又開罪了綠林道上朋友，造成兩面受敵之局……身為江北六省綠林道上總瓢把子的冷面閻羅胡柏齡，原本是個殺人如麻的黑道人物，後來想洗心革面、退出江湖，成為好人。然而正派人士在打探消息的過程中，因誤會使他的義兄神鞭飛梭萬曉光被武當紫陽道長所殺……

【武俠經典新版】四大名捕系列

四大名捕走龍蛇（三）大陣仗

作者：溫瑞安
發行人：陳曉林
出版所：風雲時代出版股份有限公司
地址：10576台北市民生東路五段178號7樓之3
電話：(02) 2756-0949
傳真：(02) 2765-3799
執行主編：劉宇青
美術設計：許惠芳
行銷企劃：林安莉
業務總監：張瑋鳳

初版日期：2021年4月新版一刷
版權授權：溫瑞安
ISBN：978-986-352-935-4
風雲書網：http://www.eastbooks.com.tw
官方部落格：http://eastbooks.pixnet.net/blog
Facebook：http://www.facebook.com/h7560949
E-mail：h7560949@ms15.hinet.net
劃撥帳號：12043291
戶名：風雲時代出版股份有限公司
風雲發行所：33373桃園市龜山區公西村2鄰復興街304巷96號
電話：(03) 318-1378
傳真：(03) 318-1378
法律顧問：永然法律事務所 李永然律師
北辰著作權事務所 蕭雄淋律師
行政院新聞局局版台業字第3595號 營利事業統一編號22759935

定價：270元

國家圖書館出版品預行編目資料

四大名捕走龍蛇（三）／溫瑞安 著. -- 臺北市：風雲時代，2021.02- 冊；公分

ISBN 978-986-352-935-4（第3冊：平裝）

1.武俠小說

857.9 109019977